JN196287

百人一首宗祇抄　姉小路基綱筆

目次

他本書影

凡例

一、本書は百人一首抄、いわゆる宗祇抄の最古写本と目される、慶應義塾大学附属研究所斯道文庫蔵姉小路基綱筆本一帖を全丁影印公刊するものである。

一、底本には一丁分の脱落がある。これは三康図書館蔵伝紹九筆本（目録書名「百人一首抄」）の当該箇所の影印をもって替えた。

一、本書影印は原本を七五パーセントに縮小した。

一、解題には主に底本の書誌情報と本文について簡潔に記した。

一、参考文献には近年の入手しやすいものを中心に主要な研究を掲げた。

一、参考史料として百人一首の成立と伝来に関する諸文献を抜萃して掲げた。

一、校異には東京大学文学部国語研究室蔵本との主要な本文異同を示した。

一、史料の引用は努めて原文の体裁を保ったが、必要に応じて清濁を分け、句読点を施し、また段落を分けた。また私に施した注は（　）に、宛字や誤字などに対して正当と考えられる表記は〔　〕に入れて傍注し、明らかな脱字は「　」に入れて本文に補った。

一、書影の掲載を許可いただいた所蔵者各位に深謝申し上げる。

一、校正に赤座綾子氏の御助力を得た。記して感謝する。

平成三十年三月十八日　　編者識

表紙

見返し

4

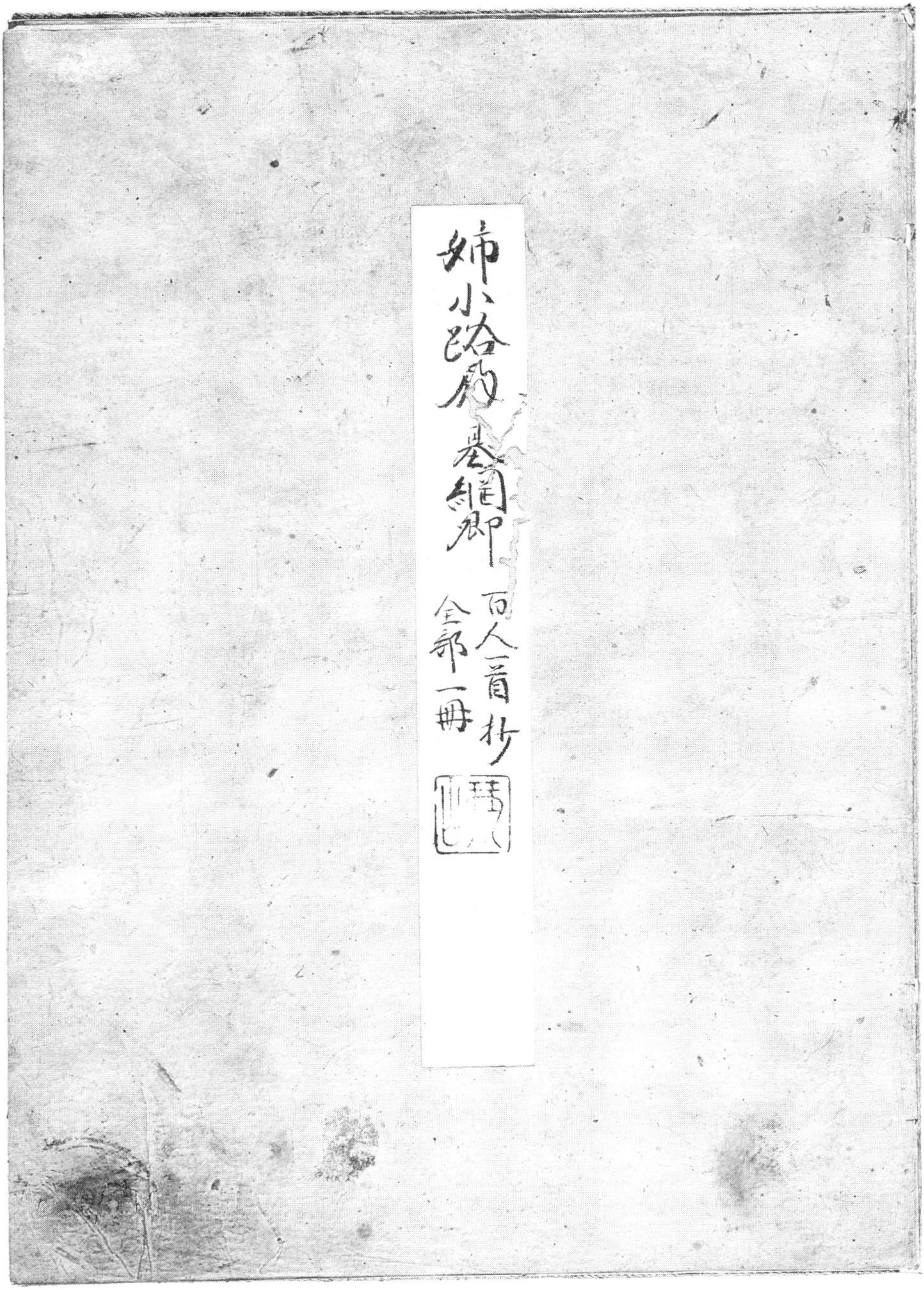
姉小路殿基綱卿　百人一首抄
全部一冊

1丁オ

7

小椋山庄色紙和歌

右百首ハ京極黄門小倉山庄色紙和哥也それを
世に百人一首と号する也是をよろしく書事ハ新
古今集の撰定家の心にかなハすと其故ハ歌道ハ
ゆへに世をおさめ民をやはらくる教誡のはしたるを
有実を根として花を枝葉にする事なるを
此集ハ花をもとゝして実をわすれたるゆへに集から
ハ本意とおほえす黄門の心にかなハす
されハ此作者とえらハす新古今百人の哥と
撰ひ此山庄に書をかれし百首也此和歌の大意ハ実を宗と

ぬして花と世し道也されは後鳥羽院の御時勅
として新勅撰とえらはるゝ集の八百首とは
ならしらるへし十分のうちにて六七は花三分は実
や古今集は花実相対の集也さて後撰は実を先と
こそ拾遺は花実相兼たりしを御院やされし続
花の集への建立に及て時代の風とさる〈実
新古今集とて十代の風とも見なしたさるへし
事に御心あらて後悔の事なかりし中に首への
心あまりあるは其道也柳さ百首の勅撰にはなし
くらへてのそてまとふ又さ花の作者とて及へからす不審

のまゝや但定家卿の今の世の人の心にかなはずとなりけり
古今集なとの詞をとりてよみ侍る人世の関かりて人の事
ふるきうたをよみしより世の人の心ひとつの中にありては得
也人丈夫てはて手本なりけりされども世の中の人ありては
しるしをはかりもの人の名をあらはしてもあれたれ
事ならずもあるまじくして百首の中は人のやすく
さては世の人の根とするらむにや家代
何ほどにか正しく斎所にて今うたをよみしても家に
引用事也為家卿の世の人のやすく和歌をよみもとより
当時しる人のうちに世の中にかへりて何かはと斎

は家に携る事にて詠哥と御事にかゝり学也と
本意也然も来たらは積りて上達あると思ひては
まも伝受事也されは歴代は許の事にて哉
は徳ありての許へらる也されは百首は二條家の骨目之
は父卿は後成之家の心をつたへらるゝ事と御続

天智天皇

秋の田のかりほの庵のとまをあらみ我衣手は露にぬれつゝ
かりほの庵とは一続に刈穂の庵一続はかり庵の事
なり刈穂の時とかりそめにしつらへしたる仮庵なり
うつくしきやうに読たる哥也秋の田の庵の時こそ

て候しとなりとも申候て名誉とし格式にて露路も
せる事も家も露の心つくしとおもひて
家の秘説の心ちは申也是は歌の御道懐旧也
而之歌九州におゐては其道をも行と判
並の例ともなり候其の人となりのせ中にもあり
こしらへ天竺のもの有の用心の事あるべき
をやすさうなやといひめすらむやすさうなるあ
唐にて可学候て聞え三代可に三代の風也と
たゞ其能歌ひとへに作法は家をいふ事
修行しと可思事肝要也

4丁オ
13

持統天皇

春過て夏来にけらし白妙の衣ほすてふあまのかく山

此哥春過て夏来にけらしにて句絶の事あれ
絶也かくと聞えやうにきこゆる哥思ひや
る哥は更衣の心なりされは天のかく山によみて
春過ては霞のたちかくしてありしか夏になれはあらはるゝ
かくて霞にこめられて夏のころになりてさやかにくまなく
明ほのゝ白妙の衣ほすと見ゆるかとたとへ夏の霞の風
情そへて明ほのに見るまゝにこそ白妙の衣ほすと云すと云
有り春は霞の衣ほすと云ならはしてすらはこれの霞の衣は

ならの御門の事として人丸の時の歌をえらひ二度の歌と
いてうら撰ひ書と云て萬葉集と名つけしと
云し時聞より云て大切の撰者名古今集歩
萬葉以下の家の歌此躰代の事なれハ
これハ人丸あかひとの作ハ心をもとより大
井川の井出のまさに女房のよめる歌
とかく定家の御井宮のいはれを知るへし
座右に来而世の習ふへし

柿本人麿

足引の山鳥の尾のしたりをのなかなかし夜を獨かもねん

5丁オ

15

山寺にとまる夜の事ハ字に書し覚えしの山をす
あかり山寺の松風ちかきすそて長し秋を〳〵
あさきハ行てなかる薫の香うきせ洞のほとり
おかせて閑情もおたりわかゝたる眼を付て
顔色比してさうらふと云ふ作る人に是を推
のみや作らん人丸のうたハ此体とぞうたハれ
洞の家気とのゝしりたまへるも天然の高位
遠なき今人間ノ備ふるとこそいふにこそとやらんや
山意不知人
四方の風清し外に出て今生又四方の富士也たる根しる霜消て

さて誹諧の道は数寄者と云者は見分て眺望を
深くして詞もなをざりならずその詞の露と
見るらん思ひ入て吟味をへて海辺の移りなき
事をしる根の露にはさなから事として詞によらず事
あるへからすといふへり事を斉具
なれ共て承人の尤とも古今ありて斉よみやし
くちおしき言葉をかの思を云代露の如く
ことうしく詠情に有ける哥後朗ゆる哉

猿丸大夫

奥山に紅葉ふみ分啼鹿の声聞時そ秋はかなし

大納言行平卿と云ふ歌人も所用ありて播磨
てんしやうにありける時須原の浦にて候ひて磨
いかに播磨の僧恵心ありける子細成
ちかくぬりて磨の北ちかくありけるに
へし地の名にはゆかりて様なる成ても太山の寺
のあるしなるをひとつかたりて有の播
語りて候ふ来ぬ也大秋世間の様なる教
人をさそひて修行者のやうにて侍らん
大宮は法皇の先達の代にや侍らん月やあり
の前世にてといふ事はしらねども

中納言家持

鵲のわたせる橋におく霜のしろきをみれは夜そふけにける

さしかはら天の原の此事七夕に云ゝ代にはわ遠きや
大内の事ハ天の河になそらへの大事にてある
なをさく心うかひたる人の信しあはすまし事也
さて又書ありし時はさしるの心ハ冬の夜の感て
月もさえ雲も晴たる夜は天にも比て
なを深夜にもなれは霜なとも見て感情ふかき
あるへしとそ

安倍仲麿

天の原ふりさけみれはかすかなる三笠の山に出し月かも

是ハ仲丸と唐土へしのあまり一つハさしなかりける帰
朝の時明州と云所にて月の出けるを見てよめる時
月をそよめる也それを見てよめる歌をとかけり本
てんの原ふり山流本にて権てと云所に見え也
あまの原ふりさけ見れはと云ハ唐人の唐ゟ
いはんや月ハあさましきともまさりてこそ律なれて
アるの我朝の三笠とあるかはく宮の事ある
本妻へ入なり事といふなり事して唐人の
春日をとりとりてさて本をも我国の事をも続て入
て見るへき事也にけれはたゝ何時とかきりあし

喜撰法師

我居ハ都のたつミをさりてと、世をうち山と人ハいふなり
さ前ハあらはしたる宇治山にて住ぞ我住たる
かくさぬの也古今にもしるしおかれたりすこし
ある世を宇治山にて人ハいふなりと人のいふを
なりと云ふ道にて秋の月と人ハよくあらハ
の雲ともあるをけふても後撰集てハ月出かハし
雲也かゝりとすめかれたらうてかミとこ
てハ雲かゝれハかくまゝにうけつよけれハあとき
なり是ハ大事の心得也へし

小野小町

花の色ハうつりにけりないたつらに我身世にふる詠せしまに
春ハ花の盛へ移ハゝ年すきぬる人のうつろひ
ミつハ後よりて我身の世にふるかなしみのなかめ
来ぬ月さしく春のあはれの色にハ花
の姿ハうつりにけりと我歌て物のあはれさ
へ入色ハ花の色にて小町の身の盛のほとも侍
さとよめる也我身世にふるあはれさせ給ハ詠の後
世にふるとハ公をまへ事とうるさ世にあらはるとする
よりは恥かしく見るよしありて見るなと我身を花

なりぬらんはおなじ故郷の色人まことに一家の
うとまるゝしのふことなり作者家持にや

蟬丸

是やこのゆくもかへるもわかれてはしるもしらぬも逢坂の関
大哥のこと書に相坂の関に庵室を作て住侍り
ゆきかふ人を見てとあり　是やことは逢坂の関を
さし出文字也　さては禅宗の修業のさまを附
下心ハ会者定離の理をゆかしと流転の思ひを実に
ときなり　哀に無常を知るゆへに理よまれたり　蟬丸延
喜の帝の第四の御子と云々　大和物語不一録古今集にも

前よりも見入たるなるべし青月こそあかくは見え置と
くまなく成也

参議篁

和田の原八十嶋かけて漕出ぬと人にはつけよあまの釣舟

是は仁明天皇の御時隠岐国へ流されける時
舟に乗て出るとて京なる人のもとへつかはしける
八十嶋の八十と云は数多き也大かたの海
路の様は知る所もなくして流人と成てまか
海路に慣たる人ならはさこそたよりなき流され行は
あらぬ心ありて天の下の底の心しらるされは
我心の様も海士の釣舟よりことつてよとて我か対

しのゝ稍母ゝうや公卿其徳よくいうとの由事
能書の帝代や作情良其徳あり

僧正遍照

天つ風雲のかよひ路吹閉よ乙女のすかたしはしとゝめむ
五節の事は天の神女か山の事より起れる
の舞姫とてをし女よりをとめを仏詞其徳之也
昨の前まてはやさたかいさまたかきたれて作者家
仏より至りたる始より舞姫はいとかるみ給し
う舞の事とかゝてりくしよりしなり

陽成院

つくはねの峯より落るみなの川流て積りて淵と成なり
いかほと思ひそめし事もかりそめに思ひそめたる事
りなれは次第に積りて淵と成ほとに淵は底しらぬ之類
の心なきにしてありけれは天の河にてありける歟
なれとも天子の身は心よからぬ事しあるへき事
よくては天下治之所は天下のみたれに成之大
ことのへしける心あるへきや

河原左大臣

陸奥のしのふもちすり誰ゆへにみたれそめにし我ならなくに
上の句はしのふへきの序也想の心は誰ゆへにみたるゝそとなれ

とかし春のへしられとも云ゝ給なり

光孝天皇

君のため春の野に出て若菜摘我衣手に雪は降つゝ

是は古今春部の哥也仁和のみかとみこの

ならせ給と云御時若菜給ひける御哥也

若菜は春の初の物也君といふ所みな人の

上の事と云ふのうちや此哥の心まかせ給ふ

中納言行平

立別いなはの山の峰に生るまつとしきかは今かへりこむ

此哥は後撰の哥也あまりにくるしきてもてなし

さてとてつひとゝきゝしかは所悲しきことなりけれ
かいあきしやけ給ふ人はあはれなりて姫とも云
のさへ人もあらしといふ人はいふらしたり

業平朝臣

よゝの御神代より天子五十一代の御門よりちかくの人
是は孫の皇子也人は神武天皇五十一代の皇子なる
天子て我か天子の御業はいつにてくわしくとなり
なりける事は神代もて天子のこと申業
平のうは大略心ありて神をしむる是は御神なり
所は天照太神の御なくしやうてもく大臣吾の御子なり

へ成せよとて

敏行朝臣

すミの江の岸による波よるさへや夢のかよひ路人めよくらん

上三句ハ序哥也よるといはん為也よるさへハなとの心なり

のことくて夢のかよひ路ハ人めをよくる事のなきに

あまり夜ハなくしあらしと思ひて夜のうちも見え

めとよるなりのことく見ゆるとかや

哀なりけれ

伊勢

難波かたみしかき芦のふしのまもあはて此世をすくしてよとや

さるまへくこゝハなかりしといふをあらましく言也

芦のふしのまハ短きのたとへ也ことにいひなして

給となりしあり侍と一ふし節のいはみしかきわ
さて命を云なしとりとめてとも紙に書しつゝ心にたゝ
あるいはなくてもあるはなかりける事をとして年
月を重ねてさてしもしもなきをしてあまりあり
かくて打頭て人をまちかねたりしれあのみ
のとにいはれ許りと云思入たるやうの心也
見侍るへしとそ　　元良親王
侘ぬれは今はた難波なるみをつくしてもあはんとそ思ふ
是は宇多御門の御時京極の御息所に忍てかよひ給ひ
事いてきて後又御息所につかはしけるとい

12丁オ
29

かくつの山積て屋かくし寒を之雨とハいはん
ましくあすしにも春ハ春し春とさ春
月をなかめてしあかしてたいつくにかりあかなくつをハ
あかハの郷なりて心ちハ幽を粋の前とたらハす
かいつかもよ寺うらあるあるしてしれおもひ
かく来らさと吟味をへし

季雅法師

今はとてわかるゝ春のこよひの月とわかれなかな
春の月とおもはいつも鶯の声をきゝてもあかす
ことゝふとりよ秋さへもすきの千しき成りなけく

こゝにあらそふハ不審なり定家の注を一致の
ことわりをしらすや

文屋康秀

吹からに秋の草木のしほるれハむへ山風をあらしといふらん
此哥ハ今也ことハ文字をわけたり嵐ハ
あらき也山風をあらしといふにつきてしの字と云
感流に木葉をちらす山の風ハあらく木枝草をあらし
といふ也吹からにとハ則のちの縁なり

大江千里

月みれハちゝに物こそかなしけれ我身ひとつの秋ハあら

左京をとりあつかふ也 左衛門ハ新古の京当と
からあしらかせて ひとともあそれはとも地面を
ちよ地して箱けをくたさり下るハ我身ひとつ
の尼かゆ覚ゆるはさもてあひとつの稼し
おろ稼ともとうちなり長明の我身ひとつのを
稼の柱風とさら之　定家
さりハ梅をひらむあへと申ハ紀氏の御孫代ハ
是ハ当家の御伝にて筆の由てうく跡
まりさよ公儀の字を伝わりを思ていつも
あとよりの字にてかく伝へ来りてわざとりわ

ある人云しかゝる事のさいしき大やうなる事と
いふの気色とこゝろえまゝに神ほとけもさこそは見そなはしけめ
とりつくろひたるさまとはみえぬ人心得なん
故にあまへあはれにおもへとある人のぬるへし

三条右大臣作

春の花は桐の宿の梅の香のさくらにほひの人こそしらね
春の花はいつとなく去年の今年のさくらにほひのはる時の心
さくらなれは是と限る蔵と春と上手者に八
いにしへの心地よりも人の心地者と人ちのことく云
人の世の中を思ひて人の心の中をしらぬ世の中は人の心

ハ詞はかくしてさりまさりたる所に一将の前と
見ゆ新勅撰集ハ其とよく風躰の前多く侍る歟
こと葉とめくらまとへし

貞徳云

小倉山荘色紙和歌公あり今ハ公の御障子と申ん
是ハ嵯峨中院大井川御障子ありて色紙を
かくの本所なりとしれしをもらされたるとの奏
とかくしてさ公家のとよむといへ御筆の上御さたハ
こゝ思ある人の沙汰ハはせいつくとむかしき
や字の御形信とくれしてハあやしく末にゆ

14丁ウ
34

中納言兼輔

みかの原わきてなかるゝ泉川いつみきとてか恋しかるらん
みかの原なかるゝハ泉の名也泉川ハいつみといはん
為也さて序歌ハ此歌のこゝろハ
絶てひさしくあはぬ人を思ひやりて
て我思ひなからへてつらき人一目見んと
人を年月経て逢はぬ人を恋しく
いつかわすれつらんといふ心をいへる歌也
ものさまたくひあるへし

源宗于朝臣

山里ハ冬こそ不楽しさまさりける人めも草も枯ぬと思へハ
と有ハ先秋ハさひしきによめるなれとも
猶の言葉にハ草木の色も有てなをさみしきに冬
なりと冬と成てハ木葉もちり草も枯ハ
人め絶ハてかれぬと云言葉にて
世のありさまをもこもりて云詞也見侍へし
凡河内躬恒
心あてにおらはやおらん初霜の置まとはせる白菊の花
おらはやおらんとハ手観ハ迷てあるましきと也
地の心ハ霜と菊と紛くよりわかれハ尤

15丁ウ
36

覚ゆるよしの義也さりとゆかりあれはなと打歎也
又一よみあはれをしらぬと云義を尊仰しまいらせて
あひてあはぬ恋　壬生忠岑
有明のつれなく見えし別れより暁ばかりうきものはなし
此哥ハ定家卿もおもしろき哥とて御よみあそはし御家
後鳥羽院定家家隆に古今集の中にいつれかまさると
尋させ給ひし時両人ともに此哥を申されけれは
いそあるしはつまかせたまひて
そのころ後鳥羽院の御これをこそと申されけり
御かへしまゐらせたりとて侍る

ふるきうたは末に語りあへるやうなりといへとも今
歌の読やう世にうつりて事はおほしといへとも古今
集には其心のみこそまことなれと後鳥羽院定
家隆卿に仰られしは今たにはたへにあまたの人
定家卿にはかりかたく定家の是非のあらそひなし
世のつねにはせさせ給へと也

坂上是則

朝ほらけ有明の月と見るまてに吉野の里にふれる白雪
此哥は大和にたりし時よめる也晩に見たる月と見るまてに
雪を月と見まかへる也よく見れは雪なる也と也

の月とうつろへるまて思はれ見たるへき也

春道列樹

山川に風のかけたるしからみはなかれもあへぬ紅葉なりけり

しかの山越にて侍るか歌也 山川なとに落

葉のとまりてなかれもやらぬを見て風のかけたる

なかを見て風のかけたるしからみとはいへる也

そ下るもみちのゆかぬしからみとはなかれてあへぬ

紅葉成ることのなかれもあへぬとはいへる侍る

落葉を紅葉といひたる趣のかはりて面白の侍

りとたくへし風のかけたるしからみとはかくいへりてい

八雲ら此一躰也　　　　　　　紀友則

久堅の光長閑き春の日にしつ心なく花のちるらん

いはゝ大空風のさそふ花なれはさそはれちらんは花なる

恨もありぬへく侍りて春の日ものとかなるにて

久堅の光しつかなる麗なる春の日なるに春の気色に長閑にて

のとかなるにちる花をとかむる心をいへる歌也

らんといふやすらかにまことに云て御説也

とあり　　　　　　　　藤原興風

誰をかも知人にせん高砂の松も昔の友ならなくに

此歌年老て後なからへゆけはしる人もなき事を歎て

かの世にまへかしありあるかはきはこゝにはま
られもとありしてもいふよりあかしのさうしする時
ゆかのほとりにてありて年へたるてならひをしたる
さほしてあるのよるまてきさすきはさてかくへもとむ
こゝろや下の人は世のすゑにおもふてよき歌をよみ
あまたあるへきはうたのいさゝか末のことに
これなりいへりなましとや

紀貫之

人はいさこゝろもしらすふるさとは花そむかしの香ににほひける

やとれは初瀬にまうつることにやとりける人の家に

18
丁オ
41

久しくやとらてほとへて後にいたれりけれはあるし
かくさたかになむやとりはあると云出し侍りけれは
そこにたてりける梅花を折てよめるとかやされは
なしては人の心はいさしらす梅の花はむかしの香に
にほひけるとそ心はかはれとも花はかはらぬよし
なり梅花の貫之のことはを思ひのはへたるなり
の心はおもひよそへたるとそこのかたにいへる
なりけり昔のことはもおもひいたされたり

清原深養父

夏の夜はまた宵なから明ぬるを雲のいつこに月やとるらん

是ハ夏の夜のみしかきことをいはむとてよめる

也夜はまたよひなからあけぬれは月はまた
西へ入へきまもなくて月は雲のいつくにかやとるらんと
雲をしたひてまよふ心をいひなせり雲と月とを詠せし
みえたり仍而のくまゐをなすしや

文屋朝康

白露に風の吹しく秋の野はつらぬきとめぬ玉そちりける

風の吹しくとはしきりの義也あき風にふきちらされて
趣ハ秋の野に白露の事あり秋風に
かゝるとこそ見ゆれ趣の玉ハ秋の野にちらしたる
さしもなきものの露をなにしおふ玉にいひなされ

風のおとくさ葉なりにえもいはれぬ事葉露
くらくとおもはれたる面白とくよめるとく京
氣とあはぬやうにて見侍る所也

右勝

ちる花を思ふ様しくの命也ぬらしくても旅
是はうへのちせ秋とかけてみえ侍る也
ちるはなの愛しさはすよめるといはあるさうや
ふかくちされなるの事ゆゑとうちこもりて侍る
なと無きあされやなりぬらん

衆議等

19丁ウ

44

清盛公の栄花にあまりて名をとり人の家の木
といふ所の所望の事ありてよくはかり功
なり思の代かやうに位をとることさらになるよ
くらゐの事もさらに今にありて古かな哉付
へし家の中のよのの清盛公とて塚て
本朝にあまた孫の多き一門とよばれたり

平重盛

忠孝をかねてある枕草紙やこの人のほまれて
人命をなかきよやその人のほまれさかへて威あるよ
と世にしくあられがたしや

壬生忠見

恋すてふ我名はまたき立にけり人しれすこそ思ひそめしか

[illegible]

清原元輔

契りきなかたみに袖をしほりつゝ末の松山波こさしとは

[illegible]心かはりて侍りける女に人にかはりて[illegible]

[illegible]

河よはかなきよをすくしてよとや思ふらん
さりとてはまた袖は涙にぬれて思ひのかたは
せめてしはしもなくして堪へよとにや

権中納言敦忠

あひその後の心にくらふれは首尾とけてはかり
なき心のあはれはまさりて一夜の契り
のちの心とあはれをしのひて思ふことは
あはれむかしを思ひの世の心をつくしたる
さるのちしも思ひたゆるをやおもはれか
とやおもはれける心の首尾とけてあはれかりけると

一し程なくと待佗たるかりなりうらみとあるま
ことなとく見侍れは当流事にもてそうろ

中納言朝忠

宰相朝忠は三条右大臣定方の子也とうに中しくへもとうるとおもし
是はうちあひてのちに何としてあはぬ恋をいへるなる
へしたれは人をもわか身をもうらみまし人は侍
て年月ともにからうしてたまさかあふたる人の人を
たえてあはぬ事のあはれさらにをもて遊し
後にすら中々世にありてへたてのうらみもおもはるゝ
ともかくも情なかりける人をうらみなかるへく

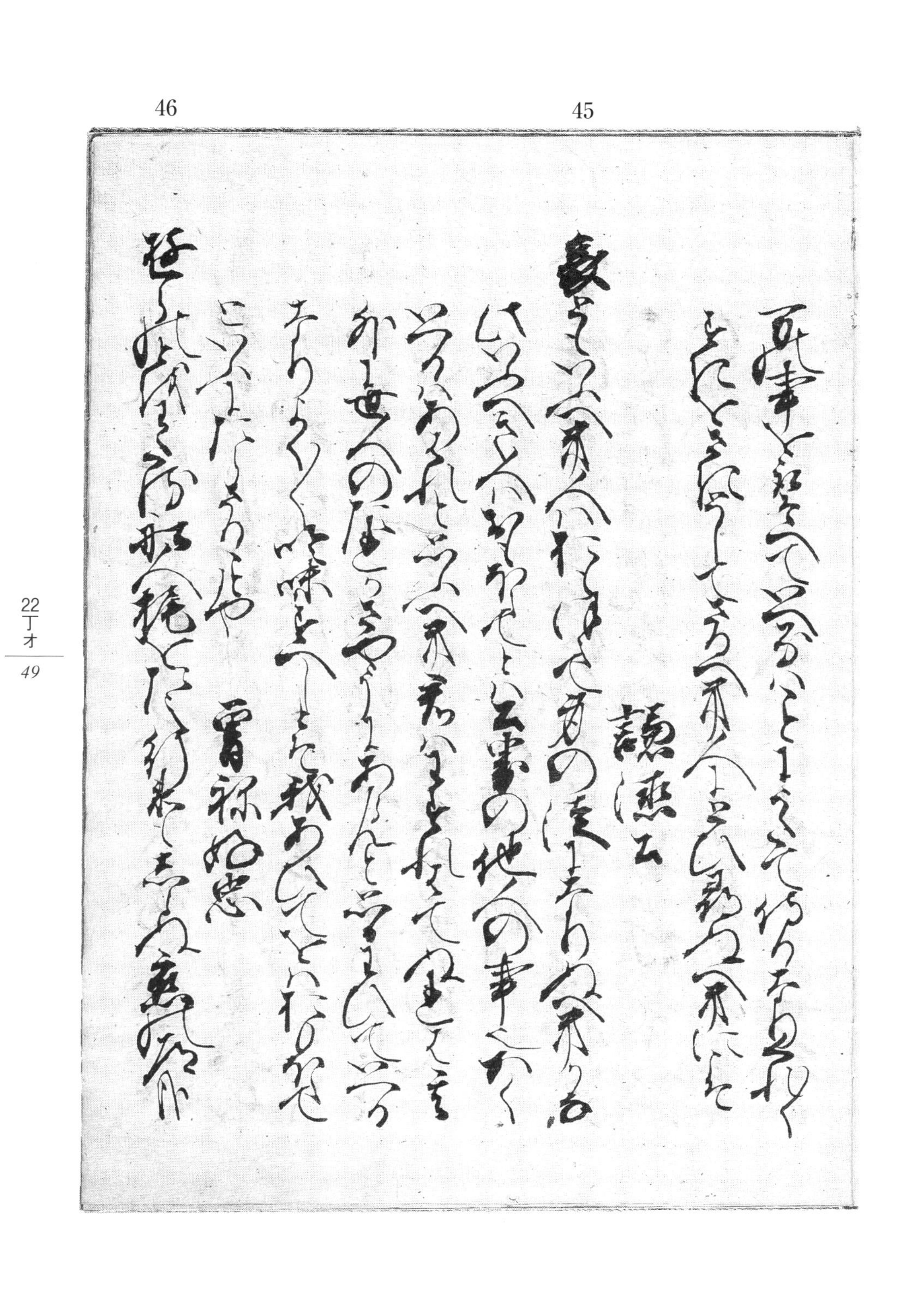

可ゝる事と知りてこそ[illegible]
よにしたかひて[illegible]

顕昭云

衰もこそ[illegible]
[illegible]
[illegible]
[illegible]
[illegible]
こはなさうにや　覺禅如忠
[illegible]

ゆきは深き所なれハ仏ハ大海と深さを比す
機のかきりハ程ともなく衆生事なりと云無の
ことく我意識の心をはなれてなくなりしゆく
ある衆也之由思のおそれにはなれぬるやうけてと
つゐにさとるへく思慮ある衆生也

恵慶法師

〽八重葎茂るとなる荒たる風情にて人を見ぬ様をいへり
此歌ハ河原院也あれたる宿にそのよしをいひて
仏と人〻猿のみにて人をもちたるハ思ひなく
さひしき宿にハ秋のみそおとつれけるよせの心

よろし事をは多く盗りて書きまぜたる歌の
事なりけれはとりこそはしたなくやよ
く河そ流の音とこそきけといへる歌を
〈春たつ〉貫之かうたに〈〉あはれ心をしへは
〈〉ひとつ〈〉…ありとおもひなかる事を
らと音にやまさりやよしなき心を待て
貫之かうたもいにしへの歌にゆかりあり

源重之

同
いつとても川瀬の水のをそけれはとなりの
人のこゝろもあさき世のなかにたえてまし

23丁オ
51

みなとてこそあれ御前さいはひにまいらんと
やうやうやをもかりけるとて

大中臣能宣

御裳着ニハ大臣の家より先きにうつしきこえしに
傳ニ左右乃御前ニハ御会ものけふハかつて人々の御
是も御前の人々にかうにことゝ御ゐでうつくしきに勝
らかうゑのことの家とこゑのかみのみことを
してわすれなうつらうやすらうてこそなく
のちかしとさわぎとさわのゝ方のよそくなりつゝ
へてかんへいかゝのはてこそみえけれ

藤原義孝

君かためをしからさりし命さへなかくもかなとおもひけるかな

是ハ後朝の哥なり一夜逢事しあらは命

をもをしからしと思ひしにあひてハいかにもなかくあらまほしく

こそおもはるれと也 [illegible]

人の切なる時なる我心の所をしるしくるしき事よ

こうしたこころもちとられけるを本として

藤原実方朝臣

かくとたにえやはいふきのさしも草さしもしらしなもゆるおもひを

[illegible]

なりかたしなるやいかに未に朧なる有とは
えんなる風躰なりといへはつゐてまてしも数寄の道なる
かゝとの風の言葉と侍へるゆかりのえやしかは
えてなき也

藤原道信朝臣

明ぬれはくるゝ物とはしりなからなを恨めしき朝ほらけ
是は後朝の恋の哥也明ぬれはくるゝ物とは知なからの
とものはしの末ことにいはゝかりとはとりの暗ぬるやみ
あれはなをうきとまでしかりも心ちしてや

右大将道綱母

歎きつゝひとりぬる夜のあくるまはいかにひさしき物とかはしる

はしめ入道摂政かよひけるに門をおそくあけ
けれハたちわつらひぬといひ入て侍れハ詠
たのてよめる也　蜻蛉日記の作者也かの日記には
甚深なれとも悪からす有のまゝに見え侍る
ことに心ハ高遠の姿作りなさて来るとも天
然の作者のことハあつまれかしかや

儀同三司母

忘れしの行末まてハかたけれハけふをかきりの命ともかな
はしめ中関白道隆のかよひそめ侍りける比
見てあさましかたりけるにのとハ頃まて忘れし一期と

ひとへにて求めてうきをもいふ心も切なる所なるへし
らく相つゝみと見ゆる一重に捨ゆへ求
斎の風体なり　大納言公任
歌の昔は絶て久しく成ぬとをもて流て後拾遺
是は大宰等の歌と聴ぬる斎なりと仏歌成して
あれはうち流し絵の古をもてあるを打縁て見
このうきさなといふ本願ある下句をもて流
様々多れとうたうらしくいは花の上る道と
この身の上やもやなにてハうゑて候らんと
みちて人に観念の行々所とをしく吟味して

25丁ウ

56

和泉式部

あらさらん此世の外の思ひ出に今ひとたひのあふこともかな

此書ニ詞書に心ち例ならす侍りける比人のもとへつかはしけると

ありのちの世とてふたゝひあひみて我身をも見ん

ちかくなるへきの別なれは最後の程を見えんと思ひ逢事を

むすひてあるへき也哉は願ふ心也一首のこゝ

ろふかくきこえて

紫式部

めくりあひて見しやそれともわかぬまに雲かくれにし夜半の月哉

とくよりわらはともたちに侍りける人の年ころへて行

あひたるかほのかにて七月十日比月にきほひて帰り

侍るよしは我友にあひしと月にたとへていふ心也
ことに侍るあひしやは程なく雲のたちかくれぬる所
おもひとりて月に来るはあはぬ心也

大貳三位

ありま山ゐなのさゝ原風ふけはいてそよ人をわすれやはする
かれ〳〵なる男のおほつかなくなといふ
うたによめる哥は序哥也序哥の事これことの
心して哥の用にたつる也是はいひたてたる也
ならの序へ古歌には大略この首の哥
のさけありてこそゆは序哥也かへてもさるへし

てやみにけり一年ゝに書置し桜にかきけるいと我
心とおもひて心ひかへて人のもとのそとられて我を
人めにあはで年を積もりぬるそちよ人と思へやい
すぎをなきくもる男はありて月のまきを
思ひとりて我心との給せられけるかくてうちよ
よくよくまもりける也と男はありてうち泣

承深雪

庭にとまりし積雪跡もなく我身ひとりはすぎ月と前
前我のりにこよひあかしのかひなかりけれはあかでこさ
つもりけるへのりにこよひかゝりて積もるぞ庭とい

座そし祢をきゝてやとおほせられけるとそ是歌
のたいあるを給ひて侍けるに所の
うち家にて見し事より心にふかく
へし

小式部内侍

大江山いくのゝみちのとをけれは
またふみもみすあまのはしたて

和泉式部保昌に具して丹後の国に
侍けるころ都に歌合のありけるに小式部内侍歌よみに
とられて侍けるを中納言定頼つほねの方にまうてきて
歌はいかゝせさせ給丹後へ人はつかはしけむや使はまうて
こすやいかに心もとなくおほすらんなとたはふれて立けるを

くにゝて綾部の里ハ小野寺ゟ何れ也ハ母の御親
武者ハよりきせて我らハ十内とゝく年比成りけると
情ありける源頼光の人々なり候ふ武者をこの
ちとよき寸へ武士の類いまとなしたそ候ハん
末とよりよしやて人類とくし武者巻と云ける
を取さまして今ハ西国ゟ山ありとしてさと
さりのとよりの人あるくハ武者ら事と共にこそ
酒顛童子して候ふ大江山の木野橋立の居と
りしの居所まて行しやとし見を取りし見る蔵か
ものやしありし木のつゐとつゐまいらせ候ふや

伊勢大輔

いにしへの奈良の都の八重桜けふ九重ににほひぬるかな

一條院の御時奈良の八重桜を人の奉りけれは

そのをり御前に侍りけれはその花を給りて哥よ

めと仰られけれは読侍ける此哥は古への都の

の昔にて今は九重の宮の内にて一条院

わかる八重桜なりてこそ九重と

いふ万歳のことのみをこそ祝ふの相骨有の其の

ことは大極の辛子の花の手に取ると

なつさへ歩み見とならんや

29
丁オ
63

清少納言

夜をこめて鳥のそらねははかるともよにあふ坂の関はゆるさし
これは大納言行成物かたりし侍けるに内の御物忌にこもれ
はとていそきかへりてつとめて鳥の声にもよほされ
てといひおこせて侍けれは夜ふかゝりける鳥の声は函谷の関
のことにやといひつかはしたりけれはたちかへりこれは
逢坂の関に侍るとあれは此歌をよみける函谷の関は
孟嘗君の事なりかの君をとらへんとしける時
これは逢坂の関なりと一首よみ侍けるとなん
よのまとひのうちにさかしき人にてそありける

御心ならて位をおりさせ給ふ御心地へ水
なへの御なやみにて世をさりたまふへき我
といはゝこゝろにもあらすなからへてや世を辞し給ふと
めでしよはの月をまことにこひしとおぼしめすと
世にあらんかたくおもほして御位を辞しゆつり給ひ御目の

左京大夫道雅

今はたゞ思ひ絶えしこゝろと人つてにきこゆる
さき斎宮は伊勢の斎宮をおりてのほり給ふを
志のひてかよひけるをおほやけきこしめして
守めをつけてよせられけれは思ひもかなはてなりける成よ

ミ給ふ寺の名ハおさらかなぬまとよたとこの書
しも一かあまりあまく給や

檀那云之類

御ぼうけハ宗旨の門弟にくわしくあまれ候所御経本
大分ハ余丸の数ありても宗旨の御経本ニ候ニ
彼の中ニ未来のこと迄とりて候ふなとたのは
からハ御愛にて安心して候の御勤請ハ頼み申候
御ぼけの御縁ニ付し檀那ほうにありなめとく
あるれハまいらしてあるハ是非ハ不にてうらい
服薬の眼かきうつもやなて大分御説候とうく下

30
丁オ
65

なりてハわか縁の興なるへし

相模

恨侘いほさぬ袖たにあるものを恋に朽なむ名こそ惜けれ

恋にくちなむとハ名にたちてくちしはてんハかなしきを

袖の恋縁あらて名をたにしもあらぬ名のみこそ惜き

こゝろハゝあるとてなきかくあらんれ名の立たんとおもひ

あまりなかさぬ袖たにあるものを袖ハ朽なん

とて袖からにあきとてみなともいつの哀深きや

有のゝたにへてかりにしよめる哥や

大僧正行尊

30丁ウ

ゑ縁にてあるれとも〳〵桜花はかゝる哉
をとて是よ奈等にも付と桜の事をうらみと
見て猶る奈等に付着のなかとて順逆の縁
川て春を言は順の縁と云秋を言は逆の縁と云ふ
故に桜も付たる桜をうらみのうらみ
中〳〵の実花かわかに秋を花とも秋と花
かわかに秋をかもとも花も秋かわかに
ある人をかもと云にかなき大納言は一条殿の御孫
みて園蒲院の御諾なり是にもと秦への寿賦
春にて大納言に入てともありかける桜を

乃なるへし夢の心のさまとらくしつゝ人に行し下趣
しても其ことの中に腕のさしいれたるを以
かなりともありくく思ひ寄せし事なれと

周防内侍

春の夜の夢はかりなる手枕にかひなくたゝむ名こそおしけれ
此歌は二月はかり月のあかき夜二条院にて人々あまたゐ
しあかしけるに周防内侍よりふして枕もかなと云を
聞て大納言忠家是を枕にとてかひなを簾のしたより
さし入て侍りけれはよみけるとそ
と云へるなりとかやとにつきといへるなりとかや

さゆかり前の花にはまさりたるへきかなと思ひ給ふ　殊
勝ゆへ大かたならす此かたの歌のかすと又家
末をや道綱母のひとり子にて式部卿綱
まさしき人とも思ひ伊勢大輔か九年ともにさ
大臣の御女とそしるす此時のほとそ深く思ひ出也
女のまつりて見えしけるにて見えて来る事也

三条院御製

心にもあらてうき世になからへはこひしかるへき夜はの月かな
やまひしける例をまもりて位をさらんとせさせ給ふ
まことに此月のあはれなるをおほしめし出てあはれの

公ハあさりし人ハ大公の門ハ冷泉院為尹二の君にて御位
こつふに五十年すこしゆくほとなくりとおほりめすよ家
となりとつきまとひのかれ公けことに中みさお御わく
おほりめす家とこにてそれにみやくうんうてハ御こち
とて見侍へし

頓阿法師

風躰ハしろくの上に緑葉入ハ画図の作乃形様を
さこハ松かれつる底時乃作ら事の京氣と成る
さまとこそあらせて見侍るかたの是ハさりとこまとて
の上同抑風へしかやうのうつ中の人のかもとく
らへしうつことまつたわこさらつ上宗なれらと立路公せ

33
丁オ
71

良暹法師

不楽しさに宿を立出て詠れハいつくもおなし秋の夕暮
此歌ハ古今のさま也天地の始より今の世まて秋
の夕の哀ハかはらす寂しき事ハ何くもおなし
ことやと立出て一隷をして我心の哀をいへる
らし我宿の寂さよりて一葉しらぬ秋のやう
の事なくいまして心をこめてかなしみなく
情のかきりなし定家の歌にかよふところと
て此歌ハこの里の秋と見ていつくもおなし
歌とも見えて人の事を幸いふ心なり

とて　　大納言經信

夕されハ門田の稲葉おとつれて蘆の丸屋に秋風そ吹

此哥田家秋風と云ことをよめるやまさとハ

さやうの蘆のまろやにて見るところに門田の稲葉

夕暮の秋風にそよくと音すれは吹あへと屋

そ蘆の丸屋に吹よりてさまさまなり夕暮

に蘆し惣して風情も秋分やさしき文字あまり

みよくはさるとしかへのつのこゝろとみよ

とわらはべにも　　祐子内親王家紀伊

音に聞高師の浜のあた浪ハかけしや袖の濡もこそすれ

34丁オ
73

八千年ハ念をさもとゝ云ウりこそ浦風に波のかゝるに
人さわけ書て云ふの返しにあくの波とおもへハ念と云
心をもつての深さとハおもハれなくさめても関をこえてもかへる
へりけりやさハ敷なるけしきにてハ念をしれてハ念をとりかへ
あるを抱て感ハ念に云事と袖のぬれてこそすれ
こうかなり羽林あるへきなからかよのつねなから
と女の哥ハ人になりてよみしなり

権中納言匡房

高砂の尾上の桜咲にけり外山のかすみたゝすもあらなん
此哥ハさしあや羽林にハさかりにやうけたるの哥也

伊勢国の斎りかくろへから所なり

俊頼朝臣

かりそめにくるゝ人を秋津の山風よきければ妹をはなれの姫

大宮雑不尽逢恋と云題にて御織恋雑

事は伝への拖給よりてくいそろふをいふ作にて風

そけし森の挿の心がゝりとそめるくをそけれ

ともの挿と云なりとそのいひなくそけし本

枕詞は一の事もし人の心なをけしあはれけし

のまとのまそ後事ともきこえたるそけしといふ

新古今にも入り定家の近代の歌よりしらむるといふ

ちかひをたてまつりしにけりけり識をも
聖りをたすけ給ひしといへり

奉俊

聖武天皇東大寺を供養せむとて行基菩薩を講師となし
ことに婆羅門僧正をむかへて摩會の講師とし
なにとてかれなれは供養の導師にゐたまふ
かくてはなはたをかしきこととて
なれはなにとそのゆゑを問ひけれは
菩薩天竺より命にしたかひてこゝにきたりし
とはかりそのゆへをそこにしるしぬ

ことに金砂のこまかなる風情ありておもしろし
かくし給ひし　浄蓮寺通玄海島八幡宮
和田の岬の雲かゝる金色の御殿雲井にかゝり興ある白浜
海と遠近と隔て仏はあまたの御社我か手に成
おほやけのはかり宗盛ありてよせはおなさ台院
のちの世にもまことにかなしき事をものにかきつけて同情と
かへすかへす　紫源院
紫となる思ひをせめて浄川のまきれは未たあらんと見て
まさにしてこれかれ下すとさへ思ひ切てけんをとことに
つまさきもしるさて源の名は記されて上もしをれ

お能書と而し某人の上手とし〔て〕後にあへる人と聞しめ
あるかもくはあるましく人なり當世人成者なといふ
返して勇をちつるあしはたつふつらへさん
わりく上手にして勝負をいふましてとは将勝
隔縁歌をさとりすへと云給ひけり

凉風曲

凌雲済ハなかなか高き帝都を出て秋の孫葉の簡
関路の関を辿りて是は渋谷の浦を孫をて
りの帰りわ高の用て道来ける旅はまめ
うき世し一人孫の者のなこんたら様

[illegible]河院
後の百首の作者にえらはれて百首よみて人々と
[illegible]

左京大夫顕輔

秋風にたなひく雲の絶まよりもれ出る月のかけのさやけさ
[illegible]清て月の
さやけかりける[illegible]
[illegible]

待賢門院堀河

なかゝらん心もしらす黒髪のみたれてけさは物をこそ思へ

是ハ後撰の哥也按察の女のたましひとあるう
されハ下ふさ国の者ゆへに下ハあらハに
とよろ哥やこころまへゆかりの女の哥也たとへ
ゆかりへし胡のくさりこたへよや

後徳大寺左大臣

都良香ハほとときすを詠して在府の月をみて詠す
暁閑付るここに名をやいはん此くはかり付るほと
いて春しこまてうすきも患当家の方にて詠しを
めの月のかのかるほとさまてりけるにあらしなにと
ゆかさけうへなへ人なへし都良の哥ハなてし

かとふるにてよわるかハあさましき事ハ臣田にらて
たゆしなはらす我身はよく候て

道因法師

思侘さても命ハあるものをうきにたへぬハ涙
なりけり人をうらミても人ハ思ひなれとも我
ほりゆる思のかなしさに世ハ命しらてかなし
つらさにもたへ命ハあるものをうきにたへぬハ
ぬ涙成りと思ひとりて千歳の一首也
なミたとりてよわるか命也

皇太后宮大夫俊成

世中よ道こそなけれ思ひ入山のおくにも鹿そ鳴なる
心ハ世のうさをのかれんとて思入山のおくにも
鹿の鳴をきけハ帰と思山の奥も世のうきに
まぬかれぬと思て世中よのまとゝ
なけれとなけゝとも道ハなし
なき世なる事と思て深山のおくもさやう成事はなかりこ
いかにや世中はわたらんやとも思て
にこそ思入ても又ハ世中にハすミつゝ思ふかな
藤原清輔朝臣
なからへハ又このころやしのはれんうしとミし世そ今ハ恋しき

なきをかさらぬやへて世の人の心にしみいりよわ
まこと深き池にはなをと鏡ともみえまさるのため
数戒の便風しらずかはらぬとつれもなく
りを見て一の峯の手をもよひて玉さはせらる
しるしに一線の手あるへし

俊恵法師

秋よる池の水はわか波にも大和風にやさしき姿をかはらぬ
かいあさらやかなる錦屋のへやさしき姿をかはらぬ
こゝろとも素ありけれとも一の切なくしてしかも
めやうらむるもたれ池とうつろひけるも池と

はつものことやうやにゑひとりをせめて
ねりわきりも一折なり庵し

俊恵法師

秋もかゝ物侘やらぬ園の浮さつさまなれば
心を明らや指移屋のひまよりなまなれきれど
この頃見つらしく見ひへ切なの頃しつ入給
てやらうしまつさ地飛うえまうしかまし
手物をこころ残頼よするかまゝ点へこ枕のな
らいやよくし ゑなしきへとうちまなき紀

心こゝろをなやます庵きりせ

西行法師

あゝそて月や物を思はするか琵母す我涙哉

月の前の恵比也や頓阿月をむひて村雨

うひりに抱かれそてたゝ月のころをさ

ゆしれ中とうも紀て紙思ひ色てか

くい庵の平懐の新やこゝ西行か風骨

せうにつくろふ和歌さ上手の抱すうへ

寂蓮法師

村雨の露もまたひぬ槙の葉に霧立のほる秋の夕暮

此哥をあら〳〵へこゝろハ村雨の露のおりしく至てふかき奥山をまくらてぬる霧立のかりて又なりしかさ紙そへかふよりやこゝや蓮師説しかハ伝うすくに見る挑へ神深山秋ハ夕暮の色ありて見るへきよりしとそ云ゆへハ槙も深山にあるもの也秋の夕に村雨ふりそゝきてこまくもしくして槙の葉の折しめりかゝるあめかしも霧の立のほる風そ紙

よく見ゝ色ことにおもしろくしさり
らと又義もかくはつけすや

皇嘉門院別当

難波江の芦のかりねの一夜ゆへみをつくしてや恋わたるへき

是ハ旅宿に逢恋の心をよませらる難波なとの
の旅寝ハさてゝ義理かくはつき給ふに
へ契りにあらぬ旅ねせしかハさなから見へし縁く
かれかりねの一夜ゆへとさて身をつくして
やといへるさ色ゆゑすゝ絶てこひわたるへ

るへきや業平とよめるにて

皇嘉門院別当

難波江の芦のかりねのひとよゆへみをつくしてや恋わたるへき

是は旅宿逢恋の心なりかりねのひとよのふし

恋はさもこそ数ならぬ身とおもふ身の契をあ

はれなるもの也さるを一夜の恋の

一夜ゆへとよみてみをつくしてやとつゝけ

たるへしさらく旅のさまくの哀を

へて見るへき歌也

式子内親王

玉の緒よ絶なはたえねなからへはしのふることのよはりもそする

心ハ思ひわひぬるにもさてもいのちハある
ものなれとうきにたへすなみたハこほるゝ
ものなれハ命のつよく涙のもろき事を
いへりあるハうきにハたへぬなみたを思ひ
いのちにくらへてなみたのもろきをうらみん

殷富門院大輔

見せやなをしまのあまの袖たにもぬれにそ濡し色ハかはらす

心ハをしまのあまの衣ハ常にしほたるゝ事なれ
ともいろハかはらすされハぬれしとかはる也
それにあまの我袖ハ紅涙にて我袖ハ色をかへて

やとゝりはかとまたましこと云詞おほく
なりけりや

後京極摂政太政大臣

蛬なくや霜夜のさむしろに衣かたしきひとりかもねん

やとりとおもひてはあさましきに蛬とつゝけ
をそはしらて虫金云のことくにはあ句はよしの詞
もめひとくせんとこそまりなくにはやすらぬ
てなほなり詞字あらあらきりとさし添し
世上にはゆかたりものふるの也のと云とそれ
なりや

二条院讃岐

我袖ハ塩干にみえぬ沖の石の人こそしらねかはくまもなし

御前ノ御意と語もと仏ハ我朝のをろかなる事
京ロニて源氏我朝の物語にとハ人ニも
らきと思ひ侍らハ更ニ無の承ハらねハ
かしこき志りてこのゆくえしらくて他にかへ
こゝろやすく紀者有る時の女房の中ニハ定家
執し侍らうとたりけれ

鐘会右作

無常ハ世のならひにてわかのとものに侍ら
此方ハなかなかへ朝夕けのうらうちあつ
なてかなしりと二首とらしちとハわれの志を流とそう

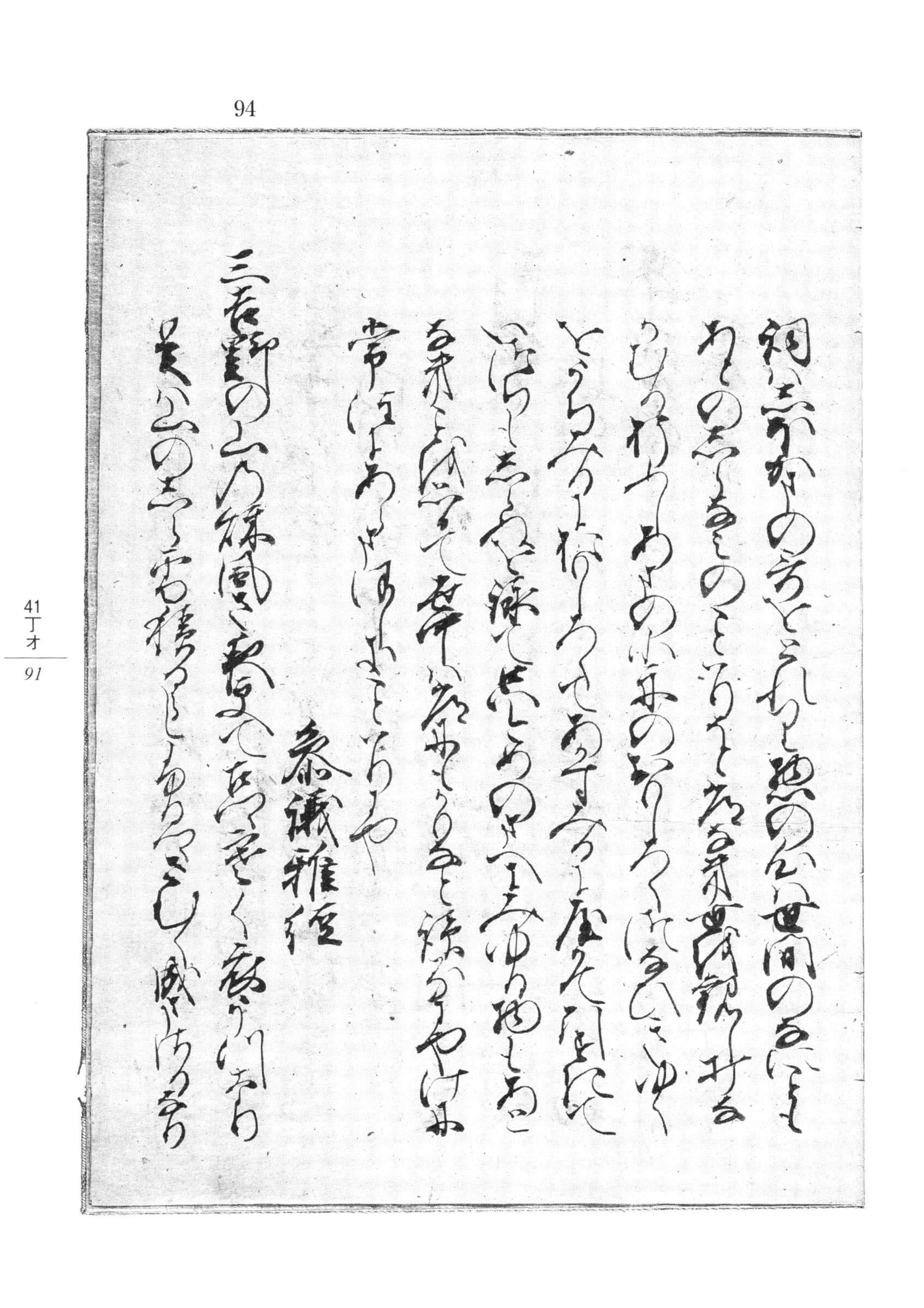

綱手かなしとこれも思ひの心は世間のあはれとも
わての[illegible]のことりて[illegible]世[illegible]ける
むかし[illegible]あまの小舟のありて[illegible]
とふらふなりけりてあすかゝる[illegible]
[illegible]も[illegible]しめのや[illegible]
[illegible]て[illegible]
常はよろしけれともかゝや

参議雅経

三吉野の山の秋風さよ更てふるさと寒く衣うつなり
是は山の里に擣つゞしあはれさにて感[illegible]

古今集の序とられしハいかなる所を有神
はらひ之世てもよこさんねかなやまうの序と
いふ事て信も承しやなかれ蓄性や三段文字とや
かの詞つゝいふ善しうへ承りて

前大僧正慈圓

おほけなくうき世の民におほふかな我たつ杣に墨染の袖
かうき世の民とおほふとは延喜帝代の御ほとにて一切
これをさして衣とおほえ之まほ墨染と申て早下
の御代之民と云事なく延喜の御代ならんなんとて
前生の事と感 和尚の御上一時中と御はなしとて

入道前太政大臣

花さそふ嵐の庭の雪ならてふり行ものは我身成けり

心は花かちりて花の雪はふりたるを見て時

さて人のくちやと見れは花まても雪と成はてゝ

あはれも人もまたるゝと云雪ふる庭に使[illegible]

くれは我身成けりと読るなりやさしき所なりとそ

権中納言定家

来ぬ人をまつほの浦の夕なきに焼やもしほの身もこかれつゝ

来ぬ人をまつほのうらといふ心を一日のまちかねて[illegible]

やく夕なきにとはかゝりしさまを夕なきとは塩焼たる

しほたるゝと我身のこかるゝさまの切なるとて
こゝろなりまつほの浦ハ淡路といふ万葉の長うた
みえたり藻塩の名にはえんとさつほの哥九首にか
とみえたり藻しほのといふはさくしほ業もしこ
まとひて見侍と又定家の詞つゝ黄門の哥よ
なて八百首よのせうかといふはえたる本侍らん
や頻に眼を付て覚ゆる事かれて

従二位家隆

風そよくならの小川の夕暮ハ也し禊て夏のしるしなりける
此川ハ上加茂にと侍る万葉ゟの事と仏ハあらの

とりとめなき御事にて月卿の文学のさたにて
世の万歳ともいふへきにことに乱世の
なるさとをはしはしてあらはとおほしめされ
おほせられしをりふしや百首を
新勅撰にて入まいらせすしてはゝかりあ
らんと思ひて入申さす候とそ

後鳥羽院

人もをし人もうらめしあちきなく世を思ふゆへに物思ふ身は
此哥はなにとなくおもひよこしまの世になりゆく
事とおほしめして御述懐の御哥也人もをし人も

うらみとハ世の中のかはりゆくに世をおもはるれ
とにかくにものおもふや人の上をおもひし是ハうら
こゝろのあるもあるやうにハ不行あ
承前ならう歌合にあらさるところ
なけれやさて世のおほくまかれにハ君の御
心ある人ともおほえけれん

順徳院

百敷やふるき軒はの忍ふにも猶あまりある昔成
けり　もゝしきとハ大内也文字ハ百敷とかけり
とこつまやなと云ハおほされたると古のことをしのふといへ

王道のをとろへんと歌ハ思召候へ末の世ノ事とハ
昔と思ふハ今とかハる王政たちかへりて八一度
もち身とのこゝろと天下万民の身のうへと
思ふと云事ても候あまりあまりに民のへたまく
ありなりけり大御帝ハ春野の御に歌ハ中にて
王道の政ことのへかうさんとちとちの風と高
世の風とのとゝくすなほならくハまさるるへ
候ハて後

右百首者東野州平常縁于時左近大夫たりし
ある人文明三年發起し侍りし時節も同
聴にはふかく心をとゝめしに今傳受の古今あさく
的なす事侍りしを大概心得かたき儀得よろしくとなく
あるは心の哀をとゝめ事の段神佛に祈
切なりて志こしくしかも和歌の道の奥儀をしりをしと辞
申候てとのくまるゝ所侍るものいなといふ
しゆるすへきと條野州よりあまた事侍りき
ことにふかき心をさて朝夕たゆみなく手をとゝめかたくなし
めて傳授の時このかきとゝめとなりぬるものなし

宗祇

裏見返し

裏表紙

66

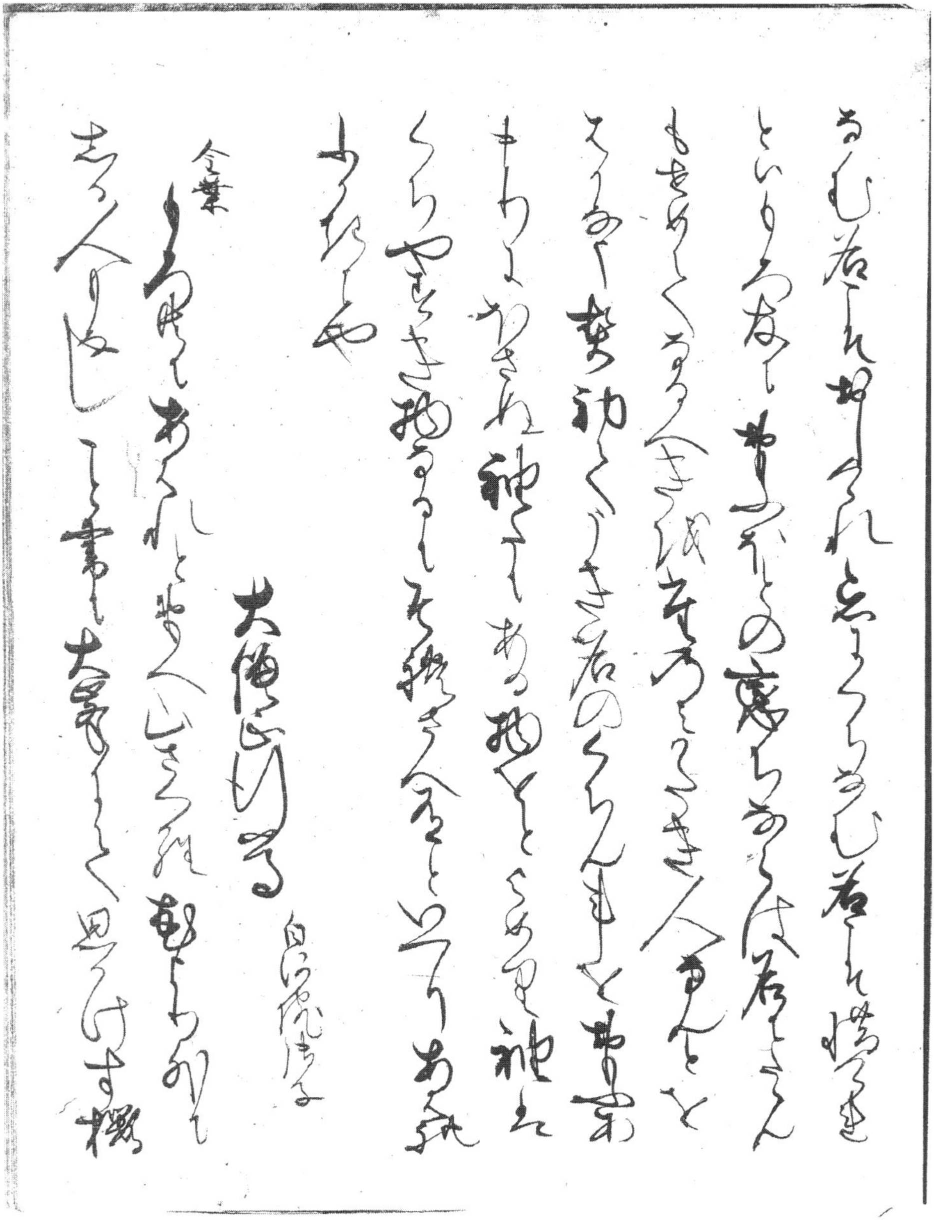

学習院大学本　36丁オ

乃咲ちらさゞくらある大きくし行女の舎
此浮乃界とし去入とし此の界とゝ此入、
とは浮乃人の(?)ともいそり當時とも此のと人
やそん此の界の乃時ちうもし也けり機と
侍し印月くりのもとみの示乃留む
らり拜し志う人のよしと比く此の文乗も
和わやし志う人のおしと浮をとつしさる
まみやまく又をし決まし(?)あ
くせ行るゝ一審處つ佛經しく國法乃
つ經て在むしかるき人のもとやつし

学習院大学本　36丁ウ

[illegible]

周防内侍　周防守継仲女　冷泉院女房

千載

一　春の夜の夢はかりなる手枕にかひなくたゝん
名こそおしけれと書し　二月はかり月あかき夜
二条院にて人〳〵あまたゐあかして物かたりなとし侍けるに周
防内侍よりふして枕もかなとしのひやかにいふを聞て大納言
忠家これを枕にとてかひなをみすの下よりさし入て侍けれは

学習院大学本　37丁オ

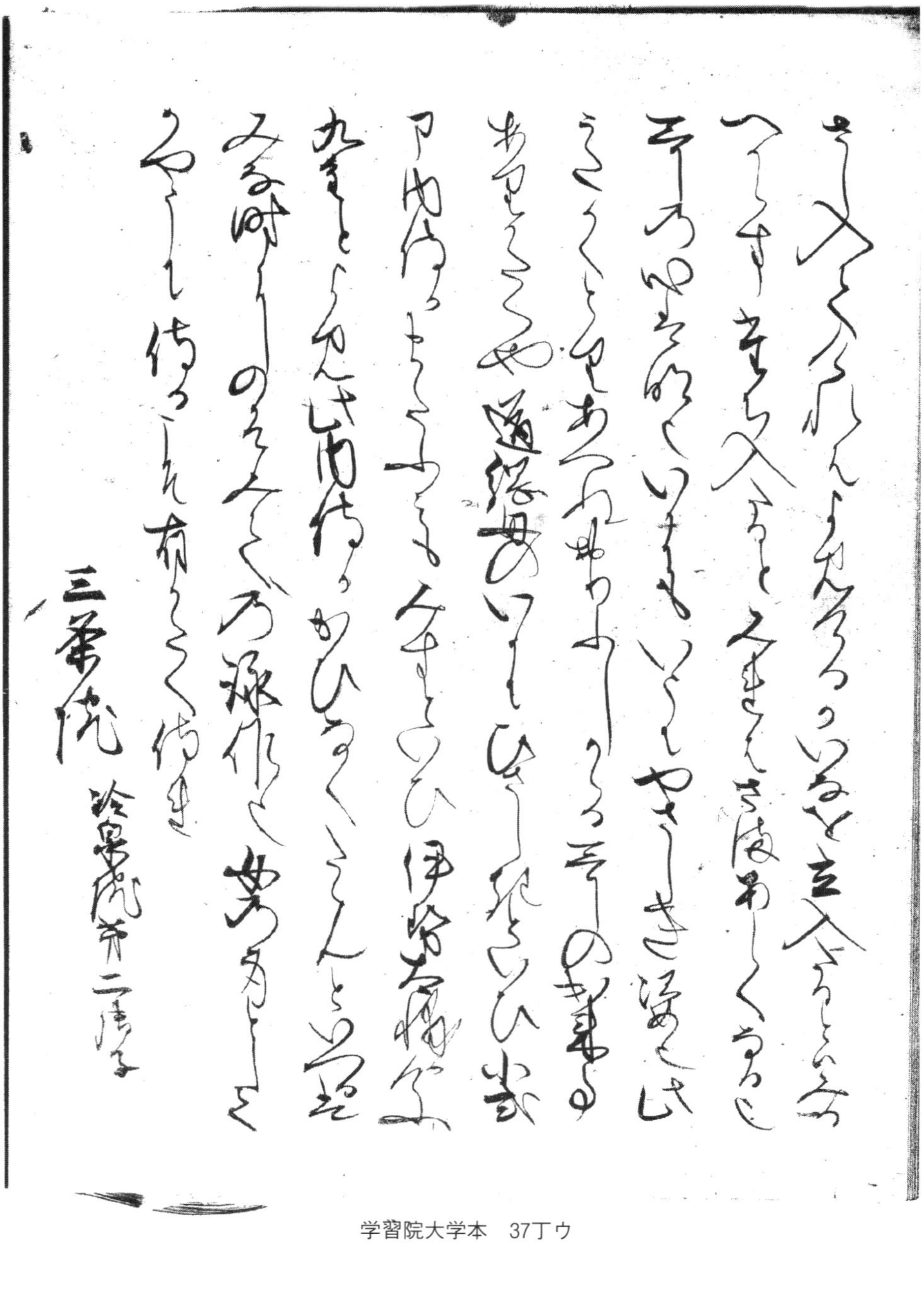
三条院 冷泉院第二皇子

学習院大学本　37丁ウ

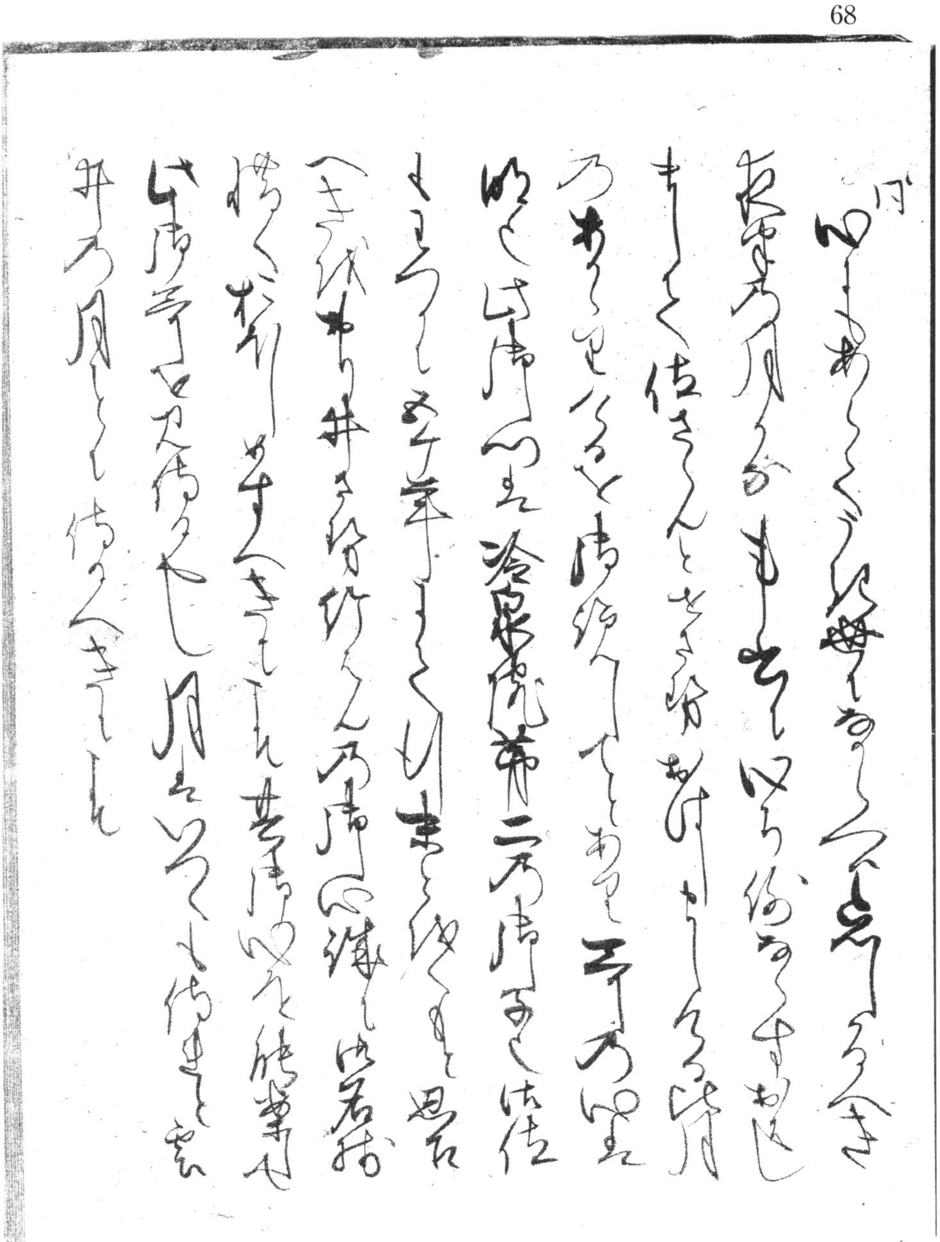

学習院大学本　38丁オ

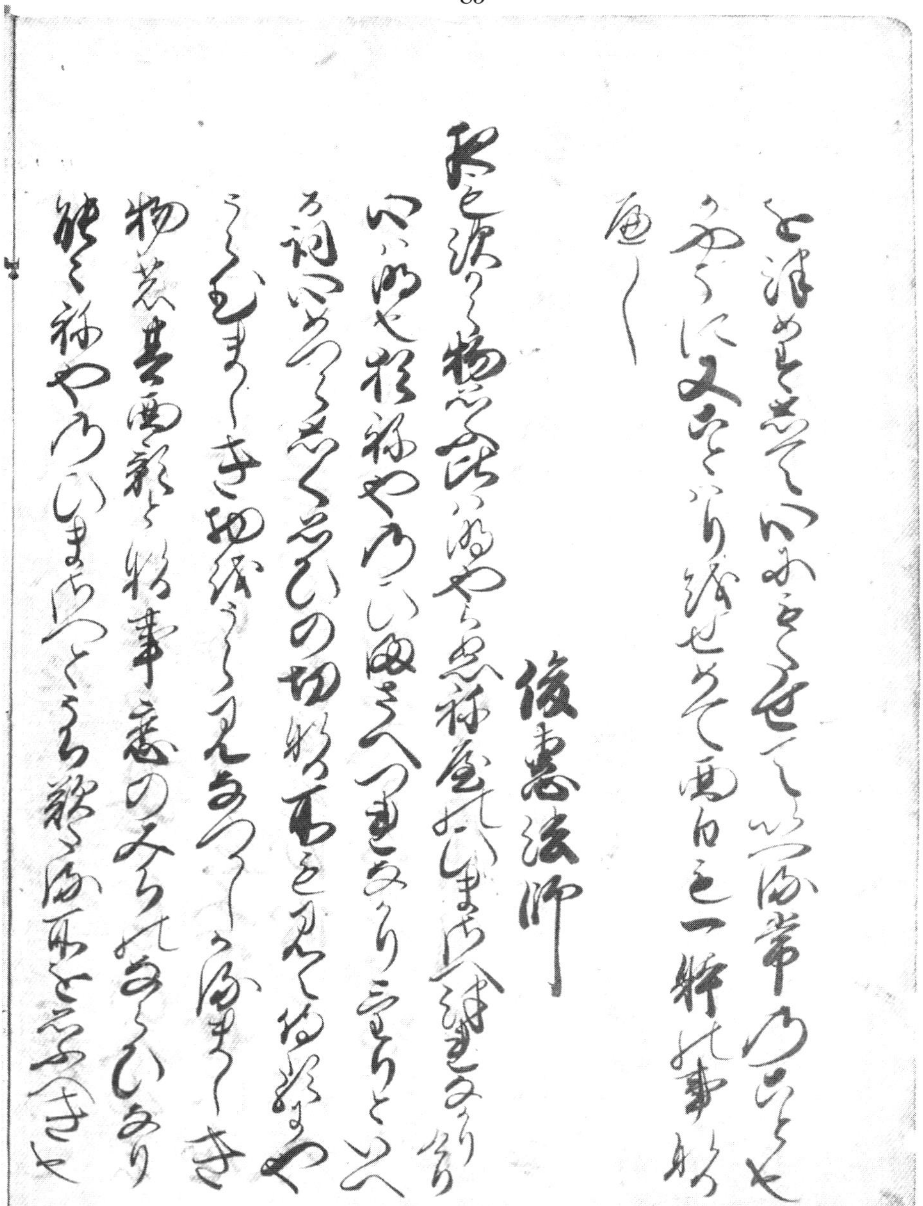

東京大学本　44丁ウ

87　86

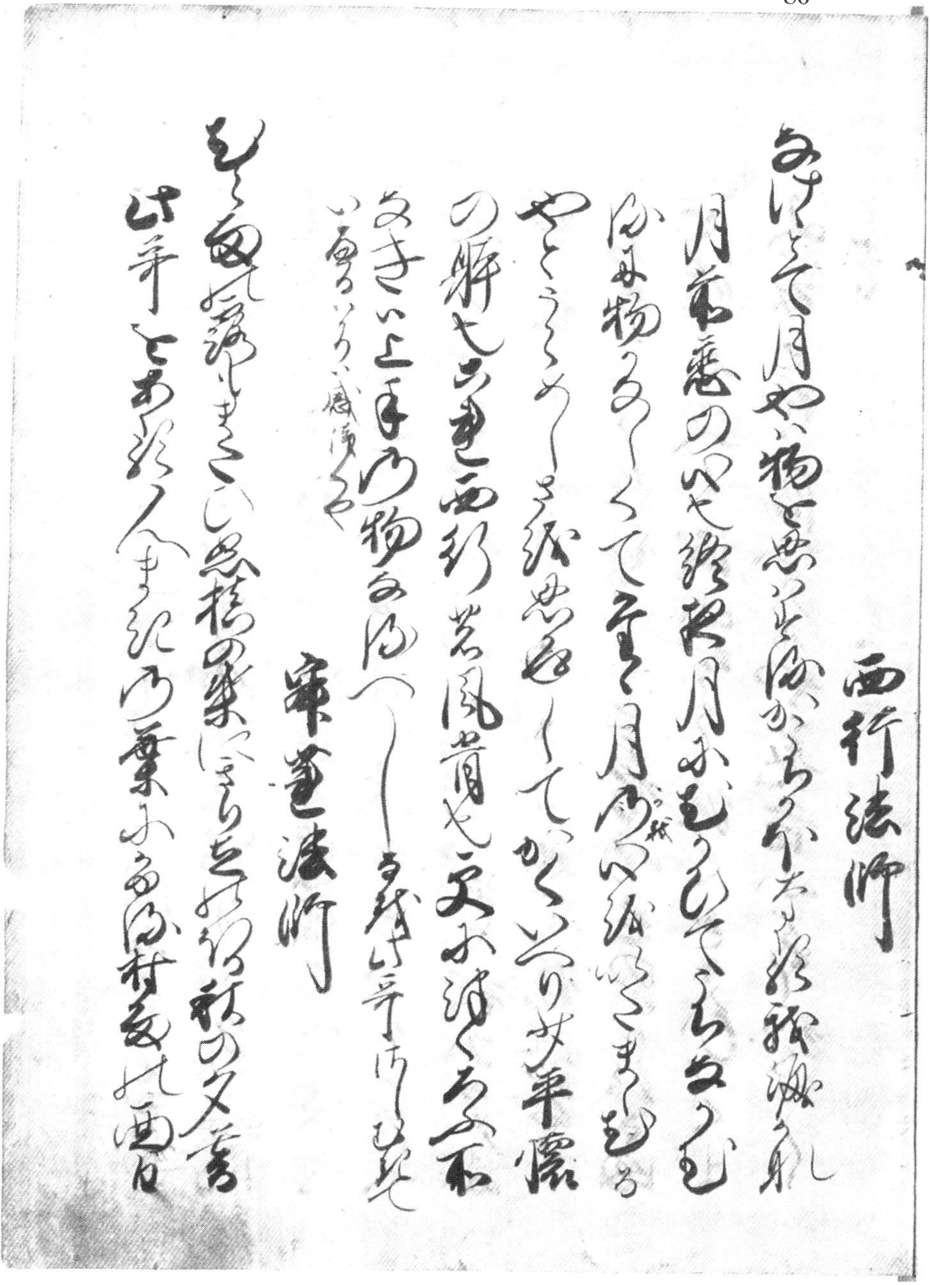

東京大学本　45丁オ

かりしに文談芸を絶えて類なきをまへ
其真をもて思ふに霧のふるかゝりて気風
情を思ふしく絶さぬそこ入り豪流のへいさも
何く次深山続く芸へなて出家を後入得絶へ
きとゝう芸底は猿は深山ふなお物も続の夕ふ
もとあうそく身て《あこ(?)ぬ絶》きかしくきて猿は筆芸
ふう恋より絶続りしも霧の立のゝ絶さぬ
を絶えず哀へし識にはとく絶くをさうしくも
文談を極く所へ身なや義舌ににがしく
とぞ

東京大学本　45丁ウ

と成てハあはれも人をもかくなけきと世をと
を思ひてハつらきにあまりぬ物ハたゝ身なりけりと
よめる歌なるや此所ハ且々ことそ述懐の心

権中納言定家

こぬ人をまつほの浦の夕なきに焼やもしほの身もこかれつゝ
此浦ハあはちにありとよめる歌ハ万葉集
長歌に朝なきに玉藻かりつゝ夕なきに
もしほやきつゝとよめり此哥ハ建保
建仁の頃さ内裏にて百首の歌
なりとそ恋のうたハ出来人をまつ歌なりとて

なるは[illegible]さ風みてていと哀に詞[illegible]
きこえ妙にしてかりなきさまにや歌ほみ
夕なきをとけは舟ありてくへ来る人をまつは
ひとりといふ心なり此歌は[illegible]なき事なへし又な
きは中にも有なる[illegible]へ思の[illegible]より哀
詠くや侍らん

従二位家隆

風そよくならの小川の夕くれはみそきそ夏のしるしなりける
此川の御禊をよめる歌は万葉より出たる事なへし
いはなくのを川をたつぬれは[illegible]葉にてよりなくして

東京大学本　50丁オ

解題

はじめに　本書に全文影印を収めた百人一首抄は、連歌師宗祇《そうぎ》（一四二一～一五〇二）が、東常縁《とうつねより》《じょうえん》（一四〇七～八四？）の教えを受けてまとめた注釈書である。以下、単に「宗祇抄」と記す。

　宗祇抄は百人一首最初の注釈書である。その後の百人一首注釈でも「祇注」として必ず顧みられる内容であり、宗祇の事績における重要度はもちろん、我が国古典研究史上の意義も大きい。

斯道文庫本の書誌　目録書名、百人一首抄。函架番号、〇九二・ト三一・一。列帖装一帖。〔室町後期〕写。表紙、改装後補花弁入り蜀江錦薄縹糸・黄糸緞子、二三・六×一六・三cm。外題、なし。内題、「小椋山庄色紙和歌」。見返し、後補布目地金紙。遊紙、前一丁。料紙、斐楮交漉紙。行数、一〇行、本文第一丁裏から、和歌一行書き、注一字下げ。字面高さ、一九・五cm。墨付は四五丁。折数は四折、初折は七枚、第二折は七枚、第三折は六枚、第四折は七枚、初折と四折のそれぞれ半葉が見返し・裏見返しに入る、但し第三十八丁の次、つまり第三折・第四折の境界に一丁分の脱落がある（第四折は本来八枚あり、最も外側の一枚を欠失したと考えられる。すなわち後遊紙一丁も存したことになる）。85俊恵の歌の注の途中から、86西行の歌と注、87寂蓮の歌と注を欠く。宗祇の跋までを存し（年号や宛所などはないが、後述する甲本＝文明十年本の跋と同文である）、奥書などはなし。桐箱入り、箱蓋に貼紙、「百人一首抄　姉小路殿基綱卿」と墨書。前遊紙中央に極札《きわめふだ》を貼り、表に「姉小路殿基綱卿百人一首抄全部一冊　印（「琴山」）」、裏に「四半本　庚申七　印（「栄」）」とある。印は二代目古筆了栄《こひつりょうえい》か。

　筆者とされた姉小路《あねがこうじ》基綱《もとつな》（一四四一～一五〇四）は、廷臣ながら飛騨国古川郷《ふるかわごう》を支配した在地領主（飛騨国司《ひだのこくし》）で、応仁・文明の乱後は堂上歌壇で活動した歌人である。歌才は三条西実隆《さんじょうにしさねたか》と並び称された。死没に際して従二位権中納言に昇った。能筆としても知られ、明応四年（一四九五）、新《しん》撰菟玖波集《せんつくばしゅう》の清書を担当している（参考図版1）。このため宗祇とも親しく、文明十八年（一四八六）六月に古今集の奥義口伝を受け、明応五年九月二十五日には重ねて息済継《なりつぐ》とともに宗祇から伝受されている。

連歌師の手になる注釈書を堂上歌人が自ら書写することは違和感も覚えるが、文明十八年三月には上冷泉為広《かみれいぜいためひろ》が同じく宗祇の万葉集抄を書写しており（三手《みて》文庫蔵本奥書）、基綱書写の可能性はありそうである。

斯道文庫本の筆跡は、断定はできないものの、基綱の自筆ともたしかに似ている。そして書写年代もほぼ基綱が活躍していた時期と見てよい。ならば現存最古写本の一つであり、かつ宗祇生前でもあるので、享受史上重要な伝本であると言える。

宗祇抄の成立　本書の成立は、宗祇自ら跋で語っている。

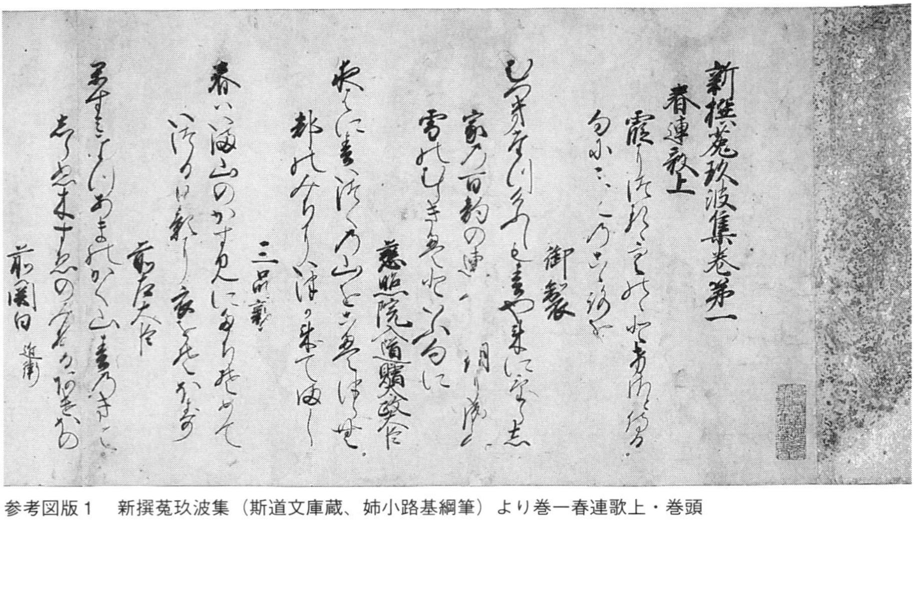

参考図版1　新撰菟玖波集（斯道文庫蔵、姉小路基綱筆）より巻一春連歌上・巻頭

右百首者東野州于時左近大夫にあひ奉て
ある人文明第三年発起し侍し時予も同
聴つかふまつりしを其比古今伝受のなかはにて
明ならす侍るを此度北路の旅行にあひともなひ
あらち山の露をはらひ老の坂の袖を引心さし
切にしてしかも此和哥の心を尋給ひ侍れは辞
かたう侍てを《（ほカ）》の〳〵しるし侍る者也然は外見ゆめ
〳〵ゆるすへからす但かの野州にあひ給ふ事侍らは
ひそかにみせたてまつり難波のうらのよしあしをきは
めて伊勢のうみの玉のひかりをあらはし給ふへくなむ」44ウ

宗祇

他本にはさらに「文明十年夏四月十八日」という年記と、宛所《あてどころ》の「宗歓禅師」が存するものがある。

文明三年（一四七一）常縁の、ある人（上総国の武士大坪基清《おおつぼもときよ》と言われる）への古今伝受《こきんでんじゅ》に伴って、百人一首の講義が企てられたのを、宗祇も陪聴した。それから七年後の同十年四月、北陸へ下向する途中、越前国にて弟子の宗歓（のちの宗長《そうちょう》）が懇望したのによって、この注釈を執筆し、授けた。そして「かの野州《やしゅう》」つまり下野守《しもつけのかみ》常縁に逢う機会があれば、ひそかに本書を見せてなお蘊奥を極められよ、と告げたのである。

以上のように、この注釈は東常縁の講釈を基盤としてまとめられた。注釈本文中にしばしば「師説」とあるのは常縁、または常縁を通じて継承した常光院《じょうこういん》尭孝《ぎょうこう》（一三九一～一四五五）ら二条派の説を指す。そもそも百人一首の流布は頓阿《とんな》（一二八九～一三七二）に始まる常光院流に発するようで、序もまたその立場に拠り、百人一首は、新古今集の華美な風を反省した藤原定家が「実を宗として花を少し兼たる」「正風躰《しょうふうてい》」を示すために書き抜いた秀歌撰であり、これこそ「二条家の骨目」とする師説を受けて書かれている。

とはいえ、この注は当時から宗祇の著作として享受されている。何より宗祇は京都・地方を問わず百人一首をしきりに講釈しており、同書の流布と権威付けに多大の貢献があったとおぼしいが、それも本書を台本にしたものであった。あるいは事前に受講者に渡して書写させることもあった。知られているところでは、延徳二年（一四九〇）八月に藤原祐自《すけより》（日向伊東氏か）に、明応七年（一四九八）閏十月には丸《まる》七郎雅連《まさつら》（石見国の幕府奉公衆）に授けている。この注をもって、新しく和歌を学んでみたいと希求する武士、それも地方国人クラスの希望にも応じていたことが察せられるのである。

宗祇抄の本文　宗祇抄の伝本は多数残存し、注釈書の常として、諸本間の内容の出入りが著しい。先学が紹介整理されたところでは五十本を降らないが、分類を主要な伝本名を挙げつつ摘記すると以下の通り。

まず伝本は二系統に大別されている。文明十年四月、宗歓へ授けたことを契機として成立した本は、甲本・前稿本などと称される。この系統には、宗祇自筆と伝えられる本を臨模した宮内庁書陵部《しょりょうぶ》蔵安永五年（一七七六）写本「百人一首抄」（鷹・一三八）を筆頭に、京都府立総合資料館蔵天正八年（一五八〇）写本「百人一首註」（特・八三一・五〇）、日本大学文理学部蔵〔室町後期〕写本「百人一首抄」（W911.147/SO27A）、最近紹介された冷泉家時雨亭文庫蔵冷泉為益《ためます》筆本などがある。

これに対して、甲本の注の大半に増補・改訂を施したものが乙本・後稿本とされる。注釈としては乙本の充実は疑いなく、流布状況も甲本を上回るようである。

以上、跋や奥書に年記を明記する本に着目して、左のような系統図が立てられている。

系統分類表　（　）内は代表的伝本　※所蔵者と整理番号で示した

甲本（前稿本）――文明十年本（書陵部鷹.138）――明応五年本（書陵部501.423）

乙本（後稿本）――延徳二年本（天理911.2-イ141）――明応七年本（島原松平139-61）
　　　　　　　――祇抄本（書陵部266.617）
　　　　　　　――応永抄（書陵部501.406）→『御所本百人一首抄』笠間書院
　　　　　　　――明応二年本（元和寛永古活字版）→『影印本百人一首抄　宗祇抄』笠間書院

ところで応永抄とは、応永十三年（一四〇六）仲夏の「藤原満基」なる人物の奥書を持つ、宮内庁書陵部蔵「百人一首抄」（五〇一・四六六）のことであるが、その内容は宗祇抄、しかも祇抄本つまり書陵部蔵「百人一首祇抄」（二六六・六一七）とほぼ一致する。かつては宗祇・常縁をはるか遡って、二条派の某人（頓阿か）の手で注釈書がまとめられ、それを応永十三年に二条満基《みつもと》（良基の孫。一三八三～一四一〇）が書写したと考えられていたが、応永十三年の奥書は偽作であり、むしろ乙本の末流に位置づけられるべきであると石神秀美氏が指摘し、次第に広く賛成を得ている。

ところで、右の伝本系統図の上では独立してはいないが、甲本の跋を持ちながら、本文は乙本に属する本がかなりある。それはこの斯道文庫本のほか、

○学習院大学日本語日本文学科研究室蔵伝足利義輝《よしてる》筆〔室町後期〕写本「小倉山庄色紙和歌」（九一一・二四四五・五〇〇二）（他本書影(1)）

○京都大学附属図書館谷村文庫蔵一条兼冬《かねふゆ》筆天文十三年（一五四四）写本「小倉百首註」（四―二二―オ―二貴）

○宮内庁書陵部蔵〔室町後期〕写本「百人一首抄」（五〇三・二六）

などで、いずれも室町後期の古写本である。谷村文庫本は文亀三年（一五〇三）十一月明舜《みょうしゅん》が書写し、それを一条兼冬が十六歳の時に書写した本で、欄外には「兼冬勘」とする書入が多く学習の痕を残す。さらには宗祇の跋は存しないものの、

○東京大学文学部国語図書室蔵〔室町後期〕写本「小倉山庄色紙和哥」（国語二二A・一二五）（他本書影(2)）

○三康《さんこう》図書館蔵〔室町末期〕写本「百人一首抄」（五―一三九六）

も同時期の古写本である。三康図書館本は南都出身の連歌師である大東《だいとう》和忠（紹九《しょうく》）筆とされ、また本奥書《ほんおくがき》によれば、宗祇の高弟肖柏《しょうはく》が永生八年（一五一一）に書写して堺の商人小村友弘（宗訊《そうじん》）に与え、それを宗訊が天文十九年（一五五〇）に英長（伝未詳）の書写を許した、と分る。

これらの諸本は、甲本・乙本が相違する箇所ではほぼ乙本と一致しており、細部では、学習院大学本は甲本に、斯道文庫本・東京大学本・書陵部本は延徳二年本に、谷村文庫本は祇抄本・応永抄に近いところがある。しかし、

いずれも乙本の各系統と完全に一致するものはなく、かえって一部はそれに先行すると思われる節もある。
そして学習院大学本・谷村文庫本、また斯道文庫本・書陵部本も年記と宛所がない形ながら、例の宗祇跋を有し、伝受者に対して常縁に見せて不審を明らかにせよと述べているのだから、常縁が存命であることを前提とする、つまり文明十年から十四年の間に成立したのかも知れない（但し、甲本の一つ明応七年本にも文明十年跋があるので、常縁没後も転載され続けた可能性もある）。なお、国立歴史民俗博物館蔵〔江戸前期〕写本（高松宮家伝来禁裏本、詠歌大概《えいがのたいがい》宗祇抄と合綴、H－六〇〇－五八九）も同様に乙本の一本であるが、本奥書に「宗祇《写本云》法師作云々、初作しは本意に不叶とてかさねて此冊をつくりけるとなん」とあるのは注目される。

おそらくは甲本から乙本への改訂は一度だけで完了するものではなく、講釈の度に微少な改訂を施したり、あるいは旧説に復したりして、それが現在の諸本間の異同となって現れているのであろう。さらに写本間で注釈内容に出入りがあれば、書写の度に校合を繰り返して欠を補い、結果として混態の本文となっていると見られる。したがって、これらの古写本は、たしかに甲本から乙本への過渡期的な性格も孕むものの、独立した一群を立てるには至らず、また先後関係を整理して系統を立てることは難しいと言わざるを得ない。

けっきょく乙本系統の諸本では、祇抄本・応永抄・明応二年本が明らかに後出であるのを除けば、甲本とは対照的に、どれもあまり純粋な形をとどめず、改訂後もなお流動していた（時として甲本を参照する時もあったらしい）本文の一段階を反映していると見られるのである。

しかし、奥書のない諸本も含めた伝本系統図の復原は困難であるとはいえ、現在一般に広く活字本が提供されているのは明応二年本の古活字版一種と応永抄のみ、しかもかなり末流の本文であり、宗祇の注釈内容すべてが世に知られている訳ではない。現段階では、宗祇抄の重要性から鑑みても、いくつか代表的な古写本の本文が紹介されるべきであろう。
　そこで最古写本と目される斯道文庫本が注目される訳であるが、実際には誤写誤脱がかなり目立ち、また書写者による文章の節略とおぼしき箇所も多い。さらにこの本では第三八丁と三九丁の間に一丁分を欠く。そこで影印では三康図書館本の第四八丁ウ〜五〇丁オをもって代えた。三康図書館本は全体に斯道文庫本に近い本文を持つが、87寂蓮歌の注は甲本・乙本を接合した形となっており、他本と一致しない。これは斯道文庫本とも異なっていた可能性が高いが、他に見られない本文なので敢えて影印した。なお他本書影として、学習院大学本・東京大学本より、それぞれ特異な本文を持つ箇所を掲げた。
　そして対校本には同系でもやや距離のある本を選択した。谷村文庫本・書陵部本は既にデジタル画像が公開されていて参照も容易であるので、ここでは本文に誤脱の少なく、かつ未紹介であった東京大学本と対校することにした。東京大学本とはまったく異なる97定家の歌の注、および同本に存しない宗祇跋は谷村文庫本と対校した。ここからさらに甲本・乙本の諸本を参照することで、宗祇の注釈の深化の跡を辿ることができるであろう。

参考文献

有吉保「百人一首宗祇抄について―その著者を論じ百人一首の撰者に及ぶ」（初出昭26・1）大坪利絹ほか編『百人一首研究集成』和泉書院、平15

田中宗作『百人一首古注釈の研究』桜楓社、昭41

樋口芳麻呂『平安鎌倉時代秀歌撰の研究』ひたく書房、昭58

武井和人「一条家古典学を支へた古典籍」（初出平4）『中世古典学の書誌学的研究』勉誠出版、平11

石神秀美「『百人一首応永抄』小論―応永の奥書を疑う」山田昭全編『中世文学の展開と仏教』おうふう、平12

小川剛生「姉小路基綱について―仮名日記作者として」国文学研究資料館紀要31、平17・2

佐々木孝浩「勅撰和歌集の面影―『新撰菟玖波集』の巻子装本をめぐって」（初出平21）『日本古典書誌学論』笠間書院、平28・6

澤山修『百人一首宗祇抄の研究』雁回書房、平24・10

辻勝美・金子馨他「日本大学文理学部所蔵『百人一首注』について」語文149、平26・6

辻勝美・金子馨「日本大学文理学部所蔵『百人一首抄』について―附翻刻・異同一覧」語文151、平27・3

久保木秀夫「伝後小松院筆『百人一首宗祇抄』断簡」東大史料編纂所画像史料解析センター通信74、平28・7

両角倉一『連歌師宗祇の伝記的研究　旅の足跡と詳細年譜』勉誠出版、平29・6

冷泉家時雨亭叢書100『百人一首　百人一首注　拾遺（三）』朝日新聞社、平29・11

小川剛生「百人一首の「発見」―頓阿から宗祇へ」就実大学吉備地方文化研究所編『人文知のトポス―グローバリズムを超えて、あるいは「世界を毛羽立たせること」』和泉書院、平30・1

参考史料　※私に句読点を施し、段落を分けた。

①明月記より　嘉禎元年（一二三五）五月二十七日条

予本自不レ知下書二文字一事上、嵯峨中院障子色紙形、故予可レ書由、彼入道（宇都宮頼綱）懇切、雖極二見苦事一、愁染筆送レ之、古来人歌各一首、自二天智天皇一以来、及二家隆（藤原）・雅経（藤原）一、

②百人秀歌より

百人秀歌　嵯峨山庄色紙形
京極黄門撰

天智天皇御製
1撰　あきのたのかりほのいほのとまをあらみ
わかころもてはつゆにぬれつゝ

持統天皇御製
2新古　はるすきてなつきにけらし白妙の
ころもほすてふあまのかく山

一条院皇后宮〇藤原定子
53後　よもすからちきりしことをわすれすは
こひんなみたのいろそゆかしき

権中納言国信
73新　かすかのゝしたもえわたるくさのうへに

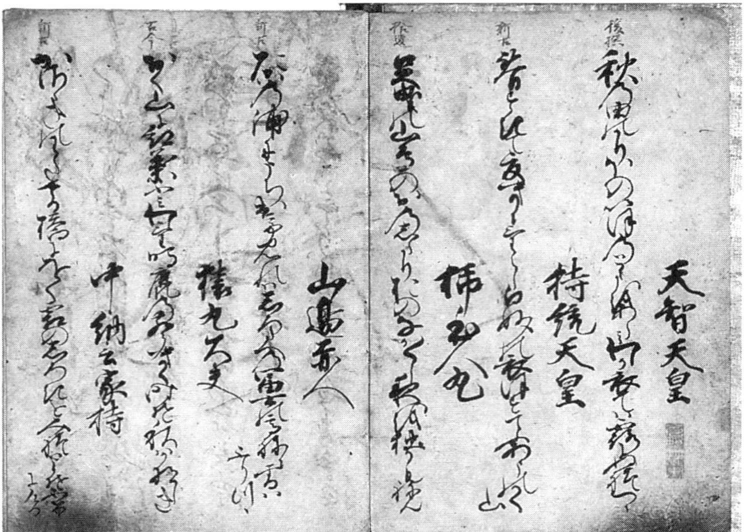

参考図版２－１　百人一首（国文学研究資料館蔵）巻頭

つれなくみゆるはるのあはゆき

源俊頼朝臣

76金　山さくらさきそめしよりひさかたのくもゐにみゆるたきの白いと

権中納言長方

90新　きのくにのゆらのみさきにひろふてふたまさかにたにあひみてしかな

鎌倉右大臣○源実朝

98新勅　よのなかはつねにもかもななきさこくあまのをふねのつなてかなしも

正三位家隆

99同　かせそよくならのをかはのゆふくれはみそきそなつのしるしなりける

権中納言定家

100同　こぬ人をまつほのうらのゆふなきにやくやもしほの身もこかれつゝ

入道前太政大臣○西園寺公経

101同　はなさそふあらしのにはのゆきならてふりゆくものは我身なりけり

上古以来哥仙之一首、随二思出一書二出之一、名誉之人・秀逸之詠、皆漏レ之、用捨在レ心、自他不レ可レ有二傍難一歟、

③頓阿・水《すい》蛙《あ》眼目《がんもく》より

（前略）心の及ふところ、先賢の詞をもたつね、ふるき歌の心にもならひて、まさしき無上至極の哥の眼目はいつ

れの所そといふこと、まつ尋ねしるへきにや。とし比《ころ》先達にも尋ね申し、ふるき物をも見侍れは、まつたかくうるはしき姿を第一とすへきにや。九品の歌の上々は、すかたたかく詞艶にして余情ありといへり。忠岑（壬生）・道済（源）か十躰には、古躰、神妙、すなほなる躰、余情、これらをさきとす。京極殿（藤原定家）、俊頼朝臣（源）の、

山桜さきそめしより久方の雲井に見ゆる滝のしらいと
もの丶ふのやそうち川のはやき瀬にいはこす浪は千代の数かも

「はれの歌、秀哥の本躰」とか丶れて侍り。後堀川院へ書き進《まゐ》せられたる秀歌大躰、梶井宮（入道尊快親王）へ進らせられたる詠哥大概、をの〳〵数十首古哥をのせられたる、た丶しくうるはしき一躰なり。又嵯峨の山庄の障子に上古以来哥仙百人のにせ絵を書きて、各一首の哥をかきそへられたる。更にこのうるはしき躰のほか別の躰なし。

④百人一首より奥書（参考図版2-2、2-3）

写本云、此一冊法印経賢筆跡也、尤可レ為二証本一歟

法印尭孝判

以二家本一権律師梁盛所レ令レ書二写之一也、

延徳四年十月廿三日

法印尭恵（花押）

⑤百人一首宗祇抄（斯道文庫本）より序

小椋山庄色紙和歌

参考図版2-2　同・本奥書

右百首は京極黄門（藤原定家）小倉山庄色紙和哥也、それを世に百人一首［と］号する也、是をえらひ書をかるゝ事は新古今集の撰定家卿の心にかなはす、其故は歌道はいにしへより世をおさめ民をみちひく教誡のはしたり、然者実を根本にして花を枝葉にすへき事なるを、此集ひとへに花をもととして実をわすれたる集たるにより本意とおほさぬなるへし、されは黄門の心あらはれかたき事をくちおしく思ひ給故に古今百人の哥を撰て我山庄に書をき給ふ者也、

此抄の大意は実を宗」1ウとして花を少し兼たる也、其後緩〔後〕堀川院の御時勅を承て新勅撰をえらはる、かの集の心此百首とあひおなしかるへし、十分のうち実六七分、花は三四分たるへきにや、古今集は花実相対の集也とそ、後撰は実過分すとかや、拾遺は花実相兼たるよしをそ師説申されし、能々その集〳〵の建立をみて時代の風をさとるへき事也、新古今集をは於讃〔隠〕岐国上皇あらためなをさせ給ひし事は御心にも御後悔の事侍るなるへし、されは黄門の御心あきらかなる者也、

抑此百首の人数のうち世にいかめしく思ふものそかれ、又させる作者とも見えぬも入侍る、不審」2オの事にや、但定家卿の心、世の人の思ふにかかはれるなるへし、古今の哥よみ、数をしらす侍れは、世に聞たる人もるへき事うたかひなし、それは世の人の心にゆつりてさしをかれ侍れは、しゐておとすにはあらさるへし、さて世にそれともおもはぬを入らるゝはその人の名誉あらはるゝ、尤ありかたき事とそ申へからん、

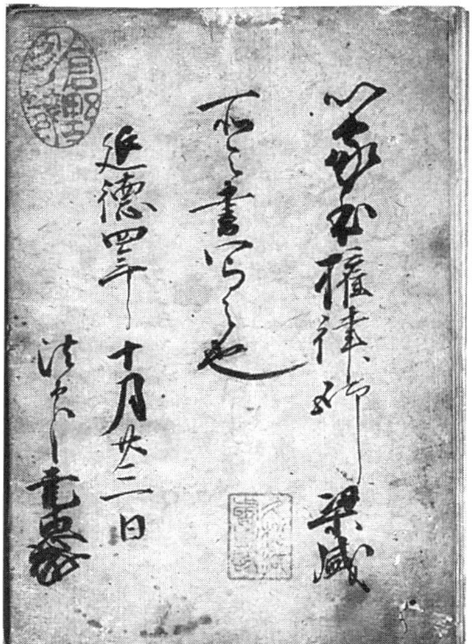
参考図版２−３　同・延徳四年（1492）書写奥書

此百首黄門の在世には人あまねくしらさりける、それは世の人の恨をもはゝかる故也、又ぬしの心に随分とおもふ哥ならぬも入へけれは、かた〳〵密せらるゝにや、為家卿の世に人あまねく知ことにはなれるとそ、当時もかの色紙のうち少々世にのこりて侍るあり、此哥」2ウは家に口伝する事にて談義する事は侍らさりけれと大かたのおもむきはかりは談することになれり、しゐては可有伝受事にや、此うち或は譜代或は哥のめてたき或は徳ある人の哥入らるゝ也、此百首は二条家の骨目也、以此歌、俊成定家の心をもさとりしるへき事とそ師説侍し、

⑥百人一首宗祇抄（明応二年本、古活字版第三種）より跋

此一巻は東野州平つねよりの家の説をうけて、れん〳〵くふうをめくらすところに、文明三に同伝じゆつかふまつりしを、其比古今伝しゆの半にて明ならす侍を、旅行に相ともなひ、あらち山の露をはらひ、老のさかの袖をひき、和哥の心をたつね侍れは、なにはのよしあしをやはらめて、伊勢のうみの玉のひかりをあらはしたまひはんへるなり、

明応二年四月廿日　宗祇在判

⑦実隆公記より延徳二年（一四九〇）十一月二十九日条

宗祇法師来話、京極黄門真筆色紙形陽成院水無能河哥也正真之由、予為二証明一可レ筆之由所望、更雖レ不レ可レ有二信用一、可二染筆一之由領状了、

二十一代集一覧表

区分	集名	下命	撰者	成立年時	歌数	作者数
二十一代集・八代集・三代集	古今和歌集	醍醐天皇	紀友則・紀貫之・凡河内躬恒・壬生忠岑	(序)延喜五・四・一五	一一一一	一二九
二十一代集・八代集・三代集	後撰和歌集	村上天皇	源順・大中臣能宣・清原元輔・坂上望城・紀時文	(完成)天暦五以後	一四二五	二二一
二十一代集・八代集・三代集	拾遺和歌集	花山法皇	親撰	(完成)寛弘六頃	一三五一	一九六
二十一代集・八代集	後拾遺和歌集	白河天皇	藤原通俊	(序)応徳三・九・一六	一二一八	三二三
二十一代集・八代集	金葉和歌集	白河法皇	源俊頼	(二度本完成)天治二か	六六五	二三六
二十一代集・八代集	詞花和歌集	崇徳上皇	藤原顕輔	(完成)仁平元	四一五	一九七
二十一代集・八代集	千載和歌集	後白河法皇	藤原俊成	(序)文治三・九・二〇(奏覧)文治四・四・二二	一二八八	三八五
二十一代集・八代集	新古今和歌集	後鳥羽上皇	源通具・藤原有家・同定家・同家隆・同雅経・寂蓮	(竟宴)元久二・三・二六	一九七八	四一一
二十一代集・十三代集	新勅撰和歌集	後堀河天皇	藤原定家	(奏覧)貞永元・一〇・二(完成)文暦二・三・一二	一三七四	三九四
二十一代集・十三代集	続後撰和歌集	後嵯峨上皇	藤原為家	(奏覧)建長三・一二・二七	一三七一	四二二
二十一代集・十三代集	続古今和歌集	後嵯峨上皇	藤原基家・同家良・同為家・同行家・同光俊	(序)文永二・一二・二六(竟宴)文永三・三・一二	一九一五	四七八
二十一代集・十三代集	続拾遺和歌集	亀山上皇	二条為氏	(奏覧)弘安元・一二・二七	一四五九	四三六
二十一代集・十三代集	新後撰和歌集	後宇多上皇	二条為世	(奏覧)嘉元元・一二・一九	一六〇七	五〇六
二十一代集・十三代集	玉葉和歌集	伏見上皇	京極為兼	(奏覧)正和元・三・二八	二八〇〇	七六二
二十一代集・十三代集	続千載和歌集	後宇多法皇	二条為世	(奏覧)文保三・四・一九(返納)元応二・七・二五	二一四三	七一八
二十一代集・十三代集	続後拾遺和歌集	後醍醐天皇	二条為藤・為定	(奏覧)正中二・一二・一八(返納)嘉暦元・六・九	一三五三	五五九
二十一代集・十三代集	風雅和歌集	光厳上皇	親撰	(竟宴)貞和二・一一・九(完成)貞和五・九頃	二二一一	五六〇
二十一代集・十三代集	新千載和歌集	後光厳天皇・足利尊氏執奏	二条為定	(奏覧)延文四・四・二八(返納)同・一二・二五	二三六五	八八〇
二十一代集・十三代集	新拾遺和歌集	後光厳天皇・足利義詮執奏	二条為明(頓阿助成)	(奏覧)貞治三・四・二〇(返納)同・一二・	一九二〇	七五八
二十一代集・十三代集	新後拾遺和歌集	後円融天皇・足利義満執奏	二条為遠・同為重	(奏覧)永徳二・三・一七(返納)永徳三・一〇・二八	一五五四	六五八
二十一代集・十三代集	新続古今和歌集	後花園天皇・足利義教執奏	飛鳥井雅世	(奏覧)永享一〇・八・二三(返納)同一一・六・二七	二一四四	七七〇
	新葉和歌集	長慶天皇	宗良親王	(准勅撰)弘和元・一〇・一三	一四二六	一五一

歌道家・歌道流派系図（──は血縁、……は師弟関係）

【御子左家】

宇都宮頼綱（蓮生）──女

俊成──定家──為家
俊成──寂蓮

女＝為家＝阿仏尼

為家・女
- 為氏（二条）──為世
  - 為世──為道──為定──為遠
  - 為世──為藤──為明
  - 為世──為冬──為重──為右
- 為教（京極）──為兼

為家・阿仏尼
- 為相（冷泉）──為秀──為尹
  - 為尹──為之（上冷泉）──為富──為広──為和
  - 為尹──持為（下冷泉）──政為

【飛鳥井家】

雅経──教定──雅有──雅孝──雅家──雅縁──雅世
- 雅世──雅親──雅俊
- 雅世──雅康

【二条派】

二条為世
- ……頓阿──経賢（常光院）──尭尋──尭孝
  - 尭孝……尭恵……鳥居小路経厚
  - 尭孝……尭憲
  - 尭孝……東常縁……宗祇
    - 宗祇……宗長（宗歓）
    - 宗祇……宗碩……宗牧──宗養
    - 宗祇……肖柏……宗訊
    - 宗祇……三条西実隆──公条──実枝……細川幽斎
      - 細川幽斎……智仁親王
      - 細川幽斎……中院通勝
      - 細川幽斎……烏丸光広
      - 細川幽斎……三条西公国
      - 細川幽斎……松永貞徳
- ……浄弁──慶運
- ……兼好

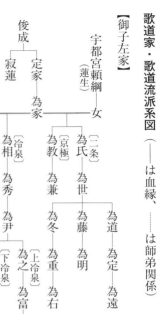

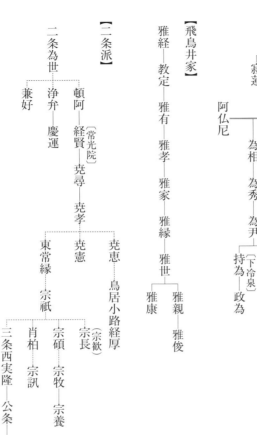

校異

上段に和歌番号・頁数・行数を示し、中段に底本の本文、下段には対校本（東京大学文学部国語研究室蔵本）の本文を示した。仮名遣い・表記の異同は原則採らなかった。対校本に欠く97定家・宗祇跋は京都大学附属図書館谷村文庫蔵本と対校した（対校本の傍訓や書入は割愛した）。なお85俊恵86西行87寂蓮は底本欠脱のため校異は示していない。

序8 3　百人一首—百人一首と
8 7　此集—此集は
8 8　されは—ナシ
8 10　書をき給ふ者也—書をかるゝ者也　此抄—此撰
9 1　緩堀川院の御時—後堀川院御時
9 2　えらはる—撰せらる
9 3　実—実は　花—花は

9 6　その集〳〵の—其一集〳〵の
9 7　新古今集をは—彼新古今集をは　讃岐国—隠岐国
9 8　黄門の御心—黄門の心は
9 10　入侍る—入侍り
10 1　世の人の思ふに—世人の思ひに
10 2　古今の哥よみ—又古今の哥よみ
10 5　あらはるゝ—あらはるゝ間
10 5　ありかたき事とそ—ありかたき心とそ
10 9　なれるとそ—なれりとそ
11 1　談義する—談義にする
11 2　談することになれり—よむ事になれり
11 2　可有伝受事にや—伝受あるへき事也
11 5　さとりしるへき事とそ—さくり知へき事とそ
1 11 6　天智天皇—天智天皇御製
11 8　一説には—一説は
11 9　よむへしとそ—読へきとそ　かり庵—かりいほの庵

11 10　よろしかるへきにやノ下—いにしへの哥は同事をかさねよむ事常の儀也　秋の田—秋田
12 2　なきまゝ—なきまゝに　露の—露は
12 3　王道の—王道
12 4　此君—此君は　おはします時—おはしましける時
12 5　関をすゑ—関をたて　なのらせ—なのらせて
12 6　ことあるは—事あり
12 7　心也—御心也
12 8　猶可尋—猶可尋之
2
13 1　持統天皇—持統天皇御製
13 8　衣ほすと云也—衣ほすとは云也
13 9　衣と云そ—衣とはいふそ
14 1　衣といへり—衣とはいへり
14 4　新古今集ノ夏巻頭に入—新古今集夏の巻頭にいれり　如此の事心中に—如此事尤心中に
14 5　此哥をとりてノ下—定家卿
14 7　定家卿—ナシ

3
15 1　足引の山と—足引のと
15 2　したりおと—したり尾のと　夜と—夜をと
15 5　心え侍るへし—こゝろみ侍るへし
15 7　詞景気—景気
4
16 4　たへなる事をも—妙なるをも
16 7　玄妙—奇妙
5
17 5　惣の心は—さて心は
17 6　秌にいたりて—秋いたりて
17 9　侍らん—侍りけむ
17 10　哥にこそと—哥と
6
18 4　大事—大事に
7
19 1　唐土へ—もろこしに
19 2　明州といへる所—めいしうと云所　かの人—彼国の人　別を—わかれ
19 7　御笠を—三笠山を
19 8　くれ〳〵—くれ〳〵此哥は
19 9　天の原—天原
8
20 8　たしかならさると—たしかならさるとは

20 9 おもしろき所なり―おもしろき所あり

9 21 6 うつりぬるよしを―うつろひぬるなと

21 7 下の心は―又の心は　花の色はと―花の色と
は　身の盛の―我身のさかり

21 8 なかめせしまにとは―なかめせしまとは

21 9 人をうらみ―人にあらそひ　世をかこちなと
するに―世をかこち。《身をうらみ》なとするに

10 22 4 別ては―別つゝ

22 7 往来のさまの―往来のさまの義

22 8 下心―下の心　会者定離也―会者定離の心也
行も帰るも―行も帰もは　流伝の―流転の

22 10 いへる―いへる事　大に不可然―太不可然

11 23 6 云出たる―いひ出たるより

23 7 しらぬ海路に―しらぬ浪路に

23 9 此世のほかのやうの心する義也―此世のほか
に。《行》やうの心也

24 2 作意の―作者の

12 24 3 遍照―遍昭

24 7 定家の―定家卿の

24 8 かくには―かくるには

24 9 よめりけるなり―よめるなり

13 24 10 陽成院―陽成院御製

25 2 ほかに―ほのかに　水―水の

25 3 たとへいへり―たとへいへる也

25 6 天下の徳也―天下の徳となり　大かたの人も
―大かたの人も又

14 25 10 上の二句―上二句

15 26 2 光孝天皇―光孝天皇御製

26 4 有心とは―有心躰とは

26 6 ひとへに―いに

16 26 10 此哥は―此哥を　俊成の義に―俊成儀に

27 1 幽玄なりとそ―可然也とそ

17 27 6 是は―心は

27 7 たゝ江を―たゝ紅を

27 8 かゝることは―かゝる事を

18 28 4 かなしくもあれ―かなしさもあれ

28 5 夢には―夢○路には
19 29 5 いひ出たる―いひ出したる
20 29 10 文つかはしたる哥也―又つかはしける哥也
30 2 あはすも―あはすとも
30 3 身をつくすは―みをつくしは
30 6 吟味すへし―よく吟味すへしとそ
23 32 1 影の景―陰の気
32 2 あはれすむ物也―哀すゝむ物也
32 4 身ひとつの秌に―身ひとりの秋に
32 6 松風も―松風といへる
24 32 8 宇多の御門―宇多御門
25 33 9 くる物とも―くるとも
26 34 7 おほせられけれは―おほせたまふに
34 9 めつらしきにや―珍重にや
27 35 4 序歌也―序の哥也
35 8 かく恋わふるなと―かく思ひわふるそと　心に―我心に
28 36 2 されは―されと

36 3 草木の―木草の
36 5 人め―人めも
30 37 6 つれなきと―つれなくと
37 8 いかゝは―いかゝはせむと
37 9 こゝろ―比
38 3 いつれの哥と―いつれの哥か
38 4 尋給ひけるにとそいひつたへいつれも此哥を申されける侍る―尋給ひけるにいつれも此哥を申されけるとそいひつたへ侍る
38 5 是程の哥―これほとの哥一首
31 38 10 侍るへし―侍なるへし
32 39 5 ひまもなく―ひまなく　なかれも―なかれを
39 8 ことはる也―ことはれる也　なかれもあへぬとは―なかれもあへぬといふは
33 40 4 恨もありぬへきを―恨となりぬへきを
40 7 師説申されし―師説侍りし
34 41 1 此世になからへたるもあり―此世なからへたゝるもあり

41 5 世の末のおとろたるを―世のすゑおとろへたるを

41 6 心をとむる―心をそむる

35 42 1 いたれりけれは―いたりけれは　かのあるし―彼家のあるし

42 5 うたかひいへる義也―うたかひいへる也

36 42 10 是はたゝ―是は　明ぬるを―明ぬることをよめる哥也―よめる也

43 2 有らんとみれは―あらむとみれは

43 3 雲のいつことは―雲のいつこにとは

37 43 7 あらき風を―あらき風と云なり

44 1 おもきはかりなる―おもるはかりなる　木葉の露―木草の露

44 2 かくよめり―よめり

44 3 ふかくふくみて―ふくみて

38 44 7 時よめり―時によめり

39 45 6 末葉に―草葉に

40 45 10 打歎く心―うち歎きたる心

42 46 9 心かはりて侍る女に―心かはりて侍りける女に

46 10 波こさしとは―浪こさしと

44 48 5 是は―是も　ありのまゝに―ありのまゝ　何ともなく―なにとなく

48 6 人はつれなくて―人はつれなくして

48 9 あまり―あまりに

48 10 又様あらんと―又やうそあらむと

49 1 取そへていへるは―とりそへいへるは

45 49 7 世人の―世人に

49 8 我あひてをは―我あひてを　おもほえてと―おもほえてとは

46 50 2 梶のなからんは―かちのなからむ

50 3 たのみもたよりも―憑むたよりも

50 4 打いつるより―うちいていふより

47 51 2 哀とことはりたるさま―哀とうちことはりたるさま

48 51 10 岩を―いはほを

49 52 6 きえとは―きえ。《つ、》とは
52 9 よく―能々
50 53 3 一度逢事もあらは―一たひあふことを
53 4 なかくもと―なかくもかなと
53 55 4 甚次なる―甚深なる
55 5 当座の―当座　か丶る哥―か丶る哥の
55 6 あらはれて侍るにや―あらはれ侍にや
54 55 10 是もあきらかなり―。《心は》是も明也　人のことは
―人のことの葉
55 56 7 読る哥―よめる哥也
56 10 心に観心の侍る所を―心に観し侍る所を
56 57 4 いのちをもともと―命をもともにと
57 57 8 月哉―月影
58 58 10 きこゆは―聞ゆるは
59 4 おほつかなきかなと―おほつかなきなと
59 60 1 打やすらひぬるを―まちやすらひぬるを
60 60 6 丹後の国に―丹後国に
61 5 よめるに―かくよめるに　人疑―人のうたか
ひ
61 7 なをさりのことは―なをさりのは
61 8 橋立の―橋立への
61 62 3 一條院の御時―一條院御時
62 7 たくひなき也―たくひなき心也　八重桜とい
ひて―やへ桜とをきて
62 63 3 こもれり―こもれる
63 6 いひ遣したり―いひつかはしたりけれは
64 1 心やらぬ―心をやらぬ
64 4 思ふへきことそ―思ふへき事とそ
64 5 よにとは―よにと云は
63 64 8 伊勢の斎宮―伊勢斎宮
64 9 きこしめして―きこしめし　まもり―まもり
め
65 1 侍れとも―侍れと
65 66 4 くちなむとは名こそ―くちなん名こそ
66 67 4 秋入をは―秋。《を》は
67 7 心に―心に又

67 9 円満院の門跡—円満院の門主

67 10 折ふし—折しも

67 68 9 かいなをは枕に—かいなをは手枕に

69 2 有難きにや—ありかたくや

69 4 九重と—九重にと

69 5 時にのそみて—時にのそみての

68 70 1 第二の—第二　御位—御位も

70 2 ゆくゑとをくもと—行末とをくとも

69 70 9 上風躰—正風の躰

70 71 6 我なから—我からの　さひしさにこそ—さひしさにこそと

71 8 定家卿の—定家卿

71 72 3 云を—いふことを

72 5 聞あへす—聞◦《も》あへす

72 8 侍へし—侍なるへし

72 73 1 人しれす—人しれぬ

73 7 又心おもしろくそ—又心おもしろくそ《尤めつらし》

73 73 10 詞つかひ—たゝ詞つかひ　正風也—正風◦《の躰》也

74 74 5 住吉の—住吉

74 8 人の心は—人の心

74 10 近代の哥—近代の秀哥

75 1 誠—誠に

75 75 5 講師請を—講師の請を

75 7 しめちか原と—しめちかはらのと

75 8 たのめと—たのめといへる

75 10 哥のさま—哥さま

76 76 5 哥のさま—哥さま

77 76 7 崇徳院—崇徳院御製

76 9 わりなふと—わりなうもと　わかるゝと—わるゝと

77 3 あはむとそ—あはむとそ思ふと

77 5 わたりなふと—わりなうと

78 77 8 関路に衛—関路千鳥

77 9 通来—かよふ

78 1 尤—ナシ　堀河院後の百首—堀川院の後の百首

78 3 はかりかたきなり―はかりかたき事也
79 78 8 心おもしろき心侍る也―おもしろき心侍り
80 79 2 夢はかりなる事―夢はかりなるあふ事
81 79 9 身にしむやうにて侍るさま―身にしむやうに
そ侍る
80 1 是は―是はた丶
82 80 7 命はあるを―命はある物を
83 81 8 思ひ入たるにも―思入たるにても
84 82 2 物をこそ―物にこそ
88 87 4 たひねは―たひね
87 9 見侍へき也―見侍へきにや
89 88 1 忍ひあまり―忍あまる
90 88 10 みせはやと―みせはやなと
91 89 8 幽に―妙に　山鳥の尾のノ下―したりおの
92 90 4 哥のさま―哥さま　うてぬところ也―うてぬ
所あり
93 91 1 世間の―世中は
91 3 つなひきゆくを―綱手引行を

91 4 うちみるにおもしろくてあかすみるに―あか
すうちみるに
94 92 2 句に―句々
92 3 信すへきにや―仰信すへきにや
92 4 詞つかひ―詞つかひに
96 93 4 いかにと―あはれと
93 5 なくなるを―なくなれるを
93 6 肝心せる哥とそ―肝心する哥とそ述懐の心也
97 93 9 かならす一日のことには―昔の事には　侍へ
からすや―侍へからすや侍らむ
94 1 もゆるさまの―もゆるさま　こそいへるなり
―よそへいへる也
94 3 見えたり―見え侍り　惣の心は―惣の哥は
94 4 もしほのとは―もしほのと
94 7 しるへきにこそ―さくり知へきにこそ
98 94 10 事也―事なるへし
95 3 詞をいう―詞をもて
99 95 7 後鳥羽院―後鳥羽院御製

95 9　此哥—此御哥

96 4　取合て—とりあはせて　よみたまへるにや—よみ給へる也

100 97 3　御身上のみならす—御うへのみならす

97 6　王道の心を—王道の《御述懐の》。心を

97 7　かはれり—かはれるなり　よく—能々

97 8　侍る—侍りし

跋 98 2　第三年—第三の年

98 4　あひともなひ—あい友なひて

98 5　老の坂の袖を引—老の衽坂の袖を引を

98 6　和哥の心を—和哥の心

98 7　をの〳〵—ほの〳〵

99 1　宗祇—宗祇在判　文明十年四月十八日

宛字難読字一覧

序　然者（しかれば）　能々（よくよく）
抑（そもそも）　尤（もっとも）
可有伝受事（でんじゅあるべきこと）

1　能（よく）

2　如此（かくのごとき）の事
此等（これら）

3　足引（あしひき）の
打出（うちいで）たる

5　深山・太山（みやま）

7　唐土（もろこし）　手裏（てのうち）

8　終夜（よもすがら）

9　詠（ながめ）せし　打過（うちすぐ）し
打歎（うちなげき）て

10　不可然（しかるべからず）

11　海士（あま）

20　宮主所（みやすどころ）

28　不楽（さびし）さ

30　難面（つれなく）

33　久堅（ひさかた）の　長閑（のど）けき

36　半天（なかぞら）　仍（よって）

50　侍れ共（ども）

58　扨（さて）

76　奥（おき）つ

78　鵆（ちどり）

98　取成（とりなし）て

100　百敷（ももしき）や

跋　于時（ときに）

くずし字一覧

（くずし字の下の漢字は字母）

（曽）（所）（楚）**タ**（太）（多）（多）（堂）**チ**（知）（地）**ツ**（川）

（川）（津）（徒）**テ**（天）（天）（亭）**ト**（止）（登）**ナ**（奈）

（奈）（奈）（那）（那）**ニ**（仁）（爾）（爾）（耳）（丹）**ヌ**（奴）

ネ（禰）（禰）（年）**ノ**（乃）（乃）（能）（農）**ハ**（波）（八）（者）

（盤）（盤）**ヒ**（比）（飛）**フ**（不）（布）（婦）**ヘ**（部）（遍）

ホ（保）（本）**マ**（末）（万）（満）（満）**ミ**（美）（三）（見）

ム（武）**メ**（女）（免）**モ**（毛）（毛）**ヤ**（也）（屋）**ユ**（由）（由）

（遊）**ヨ**（與）（與）**ラ**（良）（良）（羅）**リ**（利）（里）**ル**（留）

（流）（累）（類）**レ**（禮）（禮）（連）**ロ**（呂）（路）**ワ**（和）

（王）**ヰ**（爲）**ヱ**（惠）（惠）（衛）（衛）**ヲ**（遠）（越）**ン**（无）

百人一首宗祇抄　姉小路基綱筆
定価は表紙に表示しています。

平成三十年四月九日初版一刷発行
©編　者　小川剛生
発行者　吉田栄治
印刷所　エーヴィスシステムズ

発行所　㈱三弥井書店
東京都港区三田三－二－三十九
振　替　〇〇一九〇－八－二一一二五
電　話　〇三－三四五二－八〇六九
ＦＡＸ　〇三－三四五六－〇三四六

ISBN978-4-8382-3335-9　C0092